Jan Erik Madsen

Mitologia Nórdica

PRIME EDITORIAL LTDA.
João Paulo Ablas, 3.100
Jardim da Glória – Cotia – SP

Tradução: Sandra Menji
Projeto gráfico: Miguel Pereira
Revisão: Marcia Souza
Capa e diagramação: João Almeida

Dados Internacionais de Catalogação na Publicação (CIP)

Mitologia Nórdica / Jan Erik Madsen
160 p. 15,5 x 23 cm

ISBN 978-65-89654-05-6

1. Mitologia Nórdica 2.Ficção de Fantasia 3.Heróis. I. Título

Jan Erik Madsen

Mitologia Nórdica

Editora Prime

Índice

Introdução

Quem conhece super-heróis sabe quem é Thor, que tem um martelo poderoso e enfrenta muitos inimigos, entre deuses, semideuses, gigantes e outros seres incríveis. Sabe que ele é filho de Odin, o pai de todos os deuses. Tem também Hagar, o horrível, um viking que vive brigando com a mulher Helga.

Esse universo faz parte da Mitologia Nórdica, que é conhecida também como Mitologia Germânica, Mitologia Viking ou Mitologia Escandinava. Reúne lendas bem antigas que quando começou o domínio dos cristãos nos países nórdicos (Dinamarca, Noruega, Suécia e Islândia) foram deixadas meio de lado.

Existem textos que descrevem essa cultura por meio de contos de heróis mitológicos. As primeiras transmissões dessas informações foram realizadas oralmente, e textos posteriores dependiam das traduções e transcrições dos monges cristãos. Muitas dessas sagas foram escritas na Islândia e a maioria foi preservada lá após a Idade Média devido ao contínuo interesse de islandeses.

O material escrito é bem pouco porque os vikings não conheciam o papel. Suas escritas estava em pedras, couro, joias e armas. Os vikings desenvolveram um alfabeto próprio: as runas.

As informações sobre Mitologia Nórdica, como conhecemos nos tempos atuais foram resgatadas através de sagas e poemas. Boa parte do conhecimento dos vikings se perdeu. Entre os anos 1220 e 1230, o historiador, poeta e político islandês Snorri Sturluson reuniu suas pesquisas num livrão que se chama Edda.

Capítulo 1
Os Vikings

Um exemplo da influência viking é a simbologia de coelhos e ovos na Páscoa, uma festa cristã.

VIKING É UMA PALAVRA QUE DESIGNA EXPLORADORES, GUERREIROS, COMERCIANTES E PIRATAS NÓRDICOS (ESCANDINAVOS) QUE INVADIRAM, EXPLORARAM E COLONIZARAM GRANDES ÁREAS DA EUROPA E DAS ILHAS DO ATLÂNTICO NORTE A PARTIR DO FINAL DO SÉCULO VIII ATÉ AO SÉCULO XI.

Os povos vikings tinham crenças religiosas pagãs, ou seja, não cristãs. Os mitos religiosos desses povos são conhecidos hoje como mitologia nórdica.

Os vikings não eram muito religiosos. Realizavam o culto aos deuses apenas em ocasiões em que procurava um favor divino. Um exemplo de festival religioso dos nórdicos era o Jól (também conhecido como Yule), que era realizado no inverno e que foi depois apropriado pelos cristãos e transformado na comemoração do nascimento de Cristo, o Natal.

Outro exemplo de festival religioso é o Álfablót, que é visto de acordo com as fontes originais como festival de cura ou de celebração dos ancestrais. Já o culto individual estava relacionado com pedidos aos deuses e normalmente apresentava pequenos sacrifícios ou pequenos rituais de magia.

Apesar de não possuírem uma classe de sacerdotes dedicada à religião, essa função, principalmente nos rituais e festivais, era realizada pelos reis ou nobres em espaços sagrados ou templos construídos para finalidades religiosas, como o Templo de Uppsala, na Suécia.

Os vikings acreditavam em seres míticos, como elfos (Álfar) e anões (Dvergar), além de gigantes (Jötunn) e dragões. Um ser mítico importante na religião viking eram as nornas, que eram seres divinos que regiam o destino dos homens. A visão de universo dos nórdicos estava centralizada na Yggdrasil, um freixo que interligava os nove mundos existentes.

Seu principal deus era Odin, considerado o deus mais poderoso da religião nórdica e chamado de "pai dos deuses".

Os vikings usavam dracares para viajar do Oriente Próximo, como Constantinopla e o rio Volga, na Rússia, até o Extremo Ocidente, como a Islândia, Groenlândia e Terra Nova, e até o sul de Alandalus. Este período ficou conhecido como a Era Viking e constitui uma parte importante da História Medieval da Escandinávia, Grã-Bretanha, Irlanda e do resto da Europa em geral.

Pescadores e agricultores, os vikings eram pessoas autossuficientes que podiam aproveitar ao máximo a natureza fornecida. Os vikings formaram ferramentas intrincadas e eram artesãos habilidosos. A imagem romantizada dos vikings como bons selvagens germânicos começaram a fincar suas raízes no século XVIII e isso evoluiu e tornou-se amplamente propagado durante a revitalização viking do século XIX.

A fama dos vikings de brutos e violentos ou intrépidos aventureiros devem muito ao mito viking moderno que tomou forma no início do século XX. As atuais representações populares são bem caricatas, como nas histórias em quadrinhos do tipo Hagar, o Horrível.

Eles também fundaram povoados e fizeram comércio pacificamente. A imagem histórica dos vikings mudou um pouco ao longo dos tempos, e hoje já sabemos que eles tiveram uma enorme contribuição na tecnologia marítima e na construção de cidades.

A terra natal dos vikings era a Noruega, Suécia e Dinamarca. Eles e seus descendentes se estabeleceram na maior parte da costa do mar Báltico, grande parte da Rússia continental, a Normandia na França, Inglaterra e também atacaram as costas de vários outros países europeus, como Portugal, Espanha, Itália e até a Sicília e partes da Palestina. Os vikings também chegaram à América antes de Cristóvão Colombo, tendo empreendido uma tentativa fracassada de colonização na costa da região sudeste do Canadá.

Os vikings chegaram a áreas no norte da Europa levando sua cultura, como a Normandia, na França. Foram até a Groenlândia, onde Érico, o Vermelho criou colônias após ter sido expulso da Noruega e da Islândia, e do Canadá, para onde Leif Ericsson, filho de Érico viajou.

Eles costumavam usar lanças, como Odin e machados como Thor. Mas tudo indica que seus capacetes não possuíam chifres como aparecem nos filmes e revistas em quadrinhos. Viajavam em barcos rápidos chamados dracares (dragão), por terem uma cabeça do mítico animal esculpida na frente. A velocidade desses barcos facilitava ataques surpresas e fugas quando necessário.

NAVEGANTES DESCOBRIDORES

Os dinamarqueses navegaram para o sul, em direção à Frísia, França e partes do sul da Inglaterra. Entre os anos 1013 e 1042, diversos reis vikings, como Canuto II da Dinamarca, chegaram a ocupar o trono inglês;

Os suecos seguiram para o leste entrando na Rússia, onde Rurique fundou o primeiro estado russo, e pelos rios ao sul para o mar Negro, Constantinopla e o Império Bizantino.

Os noruegueses viajaram para o noroeste e oeste, para as Ilhas Feroe, Shetland, Órcades, Irlanda e Escócia. Exceto nas ilhas britânicas, os noruegueses encontraram principalmente terras inabitadas e fundaram povoados. Primeiro a Islândia em 825 (monges irlandeses já estavam lá), depois a Gronelândia (985), foram ocupadas e colonizadas por vikings noruegueses.

Por volta de 1000 d.C., a América do Norte foi descoberta por Leif Ericson, que a chamou o local de Vinlândia. Um pequeno povoado foi fundado na península norte na Terra Nova (Canadá), mas a hostilidade dos indígenas locais e o clima frio provocaram o fim desta colônia em poucos anos. Os restos arqueológicos deste local - L'Anse aux Meadows - constituem hoje em dia um sítio de Patrimônio Mundial da Unesco.

Os vikings começaram a incursão e colonizaram ao longo da parte nordeste do mar Báltico nos séculos VI e VII. No final do século VIII, os suecos faziam longas incursões descendo os rios da moderna Rússia e estabeleceram fortes ao longo do caminho para a defesa. No século IX eles controlavam Quieve e em 907 uma força de dois mil navios e oitenta mil homens atacou Constantinopla. Eles saíram de lá com um favorável acordo comercial do imperador bizantino. Depois chegando até a Sicília.

Fizeram a primeira investida no Oeste no final do século VIII. Os primeiros relatos de invasões viking datam de 793, quando dinamarqueses ("marinheiros estrangeiros") atacaram e saquearam o famoso mosteiro insular de Lindisfarne, na costa Leste da Inglaterra. Saquearam o mosteiro, mataram os monges que resistiram, carregaram seus navios e retornaram à Escandinávia.

Nos 200 anos seguintes, a história Europeia encontra-se repleta de contos sobre os vikings e suas pilhagens. O tamanho e a frequência das incursões contra a Inglaterra, França e Alemanha aumentaram ao ponto de se tornarem invasões. Eles saquearam cidades importantes como Hamburgo, Utrecht e Ruão. Colônias foram estabelecidas como bases para futuras incursões. As colônias no Noroeste da França ficaram conhecidas como Normandia (de "homens do Norte"), e seus residentes eram chamados de normandos.

Em 865, o Grande Exército Pagão invadiu a Inglaterra. Eles controlaram boa parte da Inglaterra pelos dois séculos seguintes. Um dos últimos reis de toda a Inglaterra até 1066 foi Canuto, conhecido como "o Grande", que governava a Dinamarca e a Noruega simultaneamente. Em 871, uma outra grande esquadra navegou pelo rio Sena para atacar Paris. Eles cercaram a cidade por dois anos, até abandonarem o local com um grande pagamento em dinheiro e permissão para pilhar, desimpedidos, a parte oeste da França.

Em 911, o rei da França elevou o chefe da Normandia a Duque em troca da conversão ao cristianismo e da interrupção das incursões. Do Ducado da Normandia veio uma série de notáveis guerreiros como Guilherme I, que conquistou a Inglaterra em 1066; Roberto de Altavila e família, que tomaram a Sicília dos árabes entre 1060 e 1091 e Balduíno I, rei cruzado de Jerusalém.

Os vikings conquistaram a maior parte da Irlanda e grandes partes da Inglaterra, viajaram pelos rios da França, Portugal e Espanha, e ganharam controle de áreas na Rússia e na costa do mar Báltico. Houve também invasões no Mediterrâneo e no leste do mar Cáspio e há indícios que estiveram na costa do novo continente, fundando a efêmera colônia de Vinlândia, no atual Canadá.

A Era Viking

O período compreendido entre as primeiras invasões registradas na década de 790 até a conquista normanda da Inglaterra, em 1066, é conhecido como a Era Viking da história escandinava.

Os normandos eram descendentes de vikings dinamarqueses e noruegueses a que foram dados suserania feudal de áreas no norte da França - o Ducado da Normandia - no século X. Seus descendentes continuaram a ter

influência no norte da Europa. Da mesma forma, o rei Harold Godwinson, o último rei anglo-saxão da Inglaterra, tinha antepassados dinamarqueses. Foram dois os vikings que ascenderam ao trono na Inglaterra, Sweyn Forkbeard (1013-1014) e o seu filho Canuto, o Grande que se tornou rei de Inglaterra, reinando de 1016 a 1035.

Geograficamente, a era viking pode ser atribuída não apenas às terras escandinavas (modernas Dinamarca, Noruega e Suécia), mas também aos territórios sob domínio norte-germânico, principalmente o Danelaw, incluindo o York escandinavo, o centro administrativo dos restos mortais do Reino da Nortúmbria, partes do Reino da Mércia e a Ânglia Oriental. Navegantes vikings abriram o caminho para novas terras ao norte, oeste e leste, o que resultou na fundação de colônias independentes em Shetland, Orkney, Ilhas Faroé, Islândia, Groenlândia, e L'Anse aux Meadows, uma colônia de vida curta na Terra Nova, por volta de 1000. Muitas dessas terras, especificamente, Groenlândia e Islândia, podem ter sido originalmente descoberta por marinheiros vikings.

Os vikings também exploraram e se estabeleceram em territórios em áreas dominadas pelos eslavos da Europa Oriental, especialmente a Rússia de Quieve. Por volta de 950 esses assentamentos foram amplamente "eslavizados".

Em 839, quando emissários suecos os primeiros a visitar o Império Bizantino, escandinavos serviram como mercenários a serviço do Império Bizantino. No final do século X, uma nova unidade da guarda imperial foi formada e tradicionalmente continha um grande número de escandinavos. Isso ficou conhecido como a Guarda Varegue. A palavra pode ter se originado do nórdico antigo, mas em línguas eslavas e gregas poderia se referir tanto a escandinavos quantos aos francos. O mais eminente escandinavo que serviu a Guarda Varegue foi Haroldo Manto Cinzento, que posteriormente estabeleceu-se como rei da Noruega (1047-1066).

Os noruegueses foram para o norte e oeste, em lugares como Irlanda, Escócia, Islândia e Groenlândia, os dinamarqueses para Inglaterra e França, estabelecendo-se em Danelaw (norte/leste da Inglaterra) e Normandia, e os suecos a leste, na fundação da Rússia de Quieve, a Rússia original. No entanto, entre as runas suecas que mencionam expedições ao longo do mar, quase a metade referem-se a invasões e viagens para a Europa Ocidental. Segundo textos de sagas islandesas, muitos vikings noruegueses foram para a Europa Oriental. Essas nações, apesar de distintas, foram semelhantes na cultura e na língua. Os nomes dos reis escandinavos são conhecidos apenas após a era viking. Somente após o fim da era viking os reinos separados adquiriram identidades como nações, que passou de mão em mão com a sua cristianização. Assim, o fim da era viking para os escandinavos também marca o início da sua relativamente breve Idade Média.

O DECLÍNIO

Após décadas de pilhagem, a resistência aos vikings tornou-se mais eficiente e, depois da introdução do cristianismo na Escandinávia, tornou a cultura viking mais moderada.

As incursões vikings cessaram no fim do século XI. A consolidação dos três reinos escandinavos (Noruega, Dinamarca e Suécia) em substituição das nações viking em meados do século XI deve ter influenciado também o fim dos ataques, visto que com eles os vikings passaram também a sofrer das intrigas políticas de que tanto se beneficiaram e muito da energia do rei estava dedicada a governar suas terras.

A difusão do cristianismo fragilizou os valores guerreiros pagãos antigos, que acabaram por se extinguir. Os nórdicos foram absorvidos pelas culturas com as quais eles tinham se envolvido. Os ocupantes e conquistadores da Inglaterra viraram ingleses, os normandos viraram franceses e os Rus tornaram-se russos.

Os reis da então cristianizada Noruega continuaram a reivindicar o poder em partes do norte da Grã-Bretanha e da Irlanda, o que levou a algumas incursões no século XII, mas as principais ambições militares dos governantes escandinavos estavam agora direcionadas para novos caminhos.

Em 1107, Sigurdo I da Noruega viajou para o Mediterrâneo Oriental com cruzados noruegueses para lutar pelo recém-estabelecido Reino de Jerusalém, e dinamarqueses e suecos participaram energicamente das Cruzadas do Báltico nos séculos XII e XIII.

Os governantes escandinavos também passaram a ter como foco a unificação dos três reinos sob a coroa de um único monarca, o que somente se concluiu no final do século XIV, com a União de Kalmar, porém esta união chegou ao final com a saída da Suécia da união no século XVI (já no contexto histórico do Renascimento). Dinamarca e Noruega continuaram em união pessoal até o início do século XIX (já no contexto histórico da Revolução

Industrial). O que se chega a conclusão de que além da cristianização, os descendentes escandinavos dos vikings passaram a focar mais em problemas internos ou em problemas regionais do Norte da Europa.

A escrita dos vikings era com runas, símbolos escritos em pedras, sendo usados até o período de cristianização que misturou as culturas e provocou alterações. Nessas misturas, muitas coisas da cultura cristã passaram para os vikings, mas algumas tradições e ideias da religião dos vikings passaram para os cristãos, colaborando para a aceitação do cristianismo pelos vikings. Um exemplo da influência viking é a simbologia de coelhos e ovos na Páscoa, uma festa cristã. Originou de Eostre – considerada por alguns, uma forma da deusa Frigg, esposa de Odin, que resultou em Easter (inglês) e Ostern (alemão, vindo de uma variação de seu nome, Ostera).

Na Rússia, os vikings eram conhecidos como varegues ou varegos (Väringar), e os guarda-costas escandinavos dos imperadores bizantinos eram conhecidos como guarda varegue. Outros nomes incluem nórdicos e normandos.

A SOCIEDADE

Na sociedade viking, o rei estava no topo da pirâmide; abaixo dele estavam os jarls, homens ricos e grandes proprietários de terras (os jarls não eram nobres, pois nas sociedades vikings não havia nobres); abaixo dos jarls havia os karls ou seja, o povo, livres, mas sem posses ou com poucas propriedades, geralmente pequenos comerciantes ou lavradores.

Os karls compunham o grosso dos exércitos vikings e tinham participação nas Tings; abaixo dos karls, havia os thralls, escravos. Eles geralmente eram prisioneiros de batalhas, mas podiam ser (dependendo da decisão da Althing da região) escravos por dívidas ou por crimes, seus proprietários tinham direito de vida e morte sobre eles.

OS COSTUMES

A maior parte dos povoados vikings eram vilas com cinquenta a quinhentos habitantes. Nessas localidades, a vida era comunitária, ou seja, todos deviam se ajudar mutuamente. O trabalho era dividido de acordo com as especialidades de cada um. Uns eram ferreiros, outros pescadores (os povoados sempre se desenvolviam nas proximidades de rios, lagos ou na borda de um fiorde), outros cuidavam dos rebanhos, uns eram artesãos, outros eram soldados profissionais, mas a maioria era de agricultores.

As semeaduras ocorriam tão logo a primavera começava, pois os grãos precisavam ser colhidos no final do verão para que pudessem ser armazenados para o outono e inverno. Durante o inverno, as principais fontes de alimentos eram a carne de gado e das caças que eles obtinham. No verão o gado era transportado para as montanhas para pastar longe das plantações.

Nas fazendas, as pessoas moravam geralmente em grandes casarões comunitários. Geralmente esses casarões eram habitados pelas famílias. Por exemplo: três irmãos, com suas respectivas esposas, filhos e netos.

As famílias (fjolskylda) dos vikings eram muito importantes, sendo provedoras de abrigo alimento e proteção. As famílias tinham rivalidades e brigas com outras, sendo julgados nas Tings ou com os ordálios, testes para julgamentos divinos. No caso de mortes da família, era normal haver vinganças, devido à importância destas na sociedade. Os membros das famílias trabalhavam juntos, mesmo após casarem, trabalhando desde pequenos nas famílias, aprendendo trabalhos mais difíceis com o tempo, trabalhando com ferro ou no caso de jarls, na política ou na guerra. Os patriarcas detinham muito poder, podendo escolher se seus filhos viveriam ou não após nascerem.

As mulheres após o casamento mudavam para a família do marido e tinham trabalhos como cozinhar, limpar e cuidar dos necessitados. As mulheres eram obedientes, mas podiam pedir divórcio, caso houvesse motivo, já os maridos podiam ter concubinas e matar as mulheres adúlteras, mas tinham de pagar ao pai da noiva para casar. Como as famílias ensinavam os trabalhos aos filhos, muitos trabalhos eram familiares, como os stenfsmiors, que construíam barcos e com a madeira dos barcos velhos, reparavam os outros barcos.

Mitologia e Religião

Eles tinham várias histórias para explicar coisas do cotidiano, como o sol e a lua, que acreditavam serem perseguidos pelos lobos Skoll e Hati, filhos de Fenrir (que segundo o ragnarok, devora Odin em batalha, morrendo em seguida). O sol seria uma deusa e a lua um deus, chamado Máni. O arco-íris, segundo eles, tinha uma ponte, denominada Bifrost, guardada pelo deus Heimdall. A Deusa-Sol passava todo dia com sua carruagem puxada pelos cavalos, Asvid e Arvak. Os deuses eram mais ou menos populares de acordo com a importância que tinham com o cotidiano.

A religião dos vikings costumava ter culto a ancestrais, além da veneração a deuses e transmitia ideias diferentes quanto a questões da vida e do mundo. Eles acreditavam que o mundo era dividido em "andares" e todos estavam unidos a uma enorme árvore, chamada, Yggdrasil.

Estes andares eram diferentes e possuíam características especiais, sendo estes, nove. Havendo um mundo para os deuses, Asgard, e um mundo onde as pessoas vivem, midgard, além dos outros sete que são, Nilfheim, mundo abaixo de midgard, no subsolo, onde Hel governa os mortos.

Outro mundo é Jotunheim, reino frio e montanhoso, onde os gigantes de rocha e neve (chamado de Jotuns) habitam e era governado por Thrym, gigante que roubou o martelo Mjolnir de Thor para trocá-lo por Freia. Os outros mundos são, Vaneheim (casa dos Vanir), Muspellheim (casa dos gigantes de fogo, local cheio de cinzas e lava, cujo rei é o gigante Surt), Alfheim (onde os elfos moram), Svartaheim (onde os svartafars habitam, são conhecidos como elfos negros) e Nidavellir (é a terra dos anões).

A religião não era baseada na luta entre o bem e o mal, mas entre a ordem e o caos. Nenhum deus era tido como completamente bom nem mau. Até Loki ajudou os deuses em diversas ocasiões.

A MORTE

Os vikings valorizavam a morte e até a festejavam. Após a morte, havia ritos, como a queima do corpo do morto com vários pertences e após a queima, estes eram recolhidos e as cinzas, colocadas em potes de cerâmica. Outra forma usada após a morte era a criação de câmaras, onde o morto era colocado junto a vários pertences e até seus cavalos. Esta forma era mais usada na Dinamarca e na Ilha de Gotlândia.

Há casos de enterros de navios, onde foram colocados rainha e princesa, junto a pertences e animais sacrificados, como, cães, cavalos e bois. Em outra câmara, foi encontrada uma mulher bem vestida, sendo esta rica e uma malvestida retorcida, estudos confirmaram que esta era escrava e havia sido posta viva nesta câmara. No caso da morte de homens, era costume a sua mulher favorita ser enterrada viva junto a ele. O uso de barcos como túmulo, mostra poder e prestígio do morto e também simboliza a jornada pós-morte e tem ligação com a adoração a Njord.

Eles eram politeístas, tendo deuses com diversas características, personalidades, histórias e influências no cotidiano. Estes deuses eram divididos em dois grupos, os Aesir e os Vanir, além de terem outras criaturas como os gigantes.

Os Aesir e os Vanir têm poucas diferenças, mas há várias histórias sobre guerras entre os dois grupos. Além dos deuses, também eram relatadas histórias de heróis. Os vikings apreciavam muito as espadas. Os mais ricos e poderosos tinham as mais belas e melhores, com detalhes dourados.

Além das espadas, eles tinham facas, adagas, lanças de diversos tipos, como de arremesso. Estas eram as armas mais usadas em batalhas, para atirar nos inimigos ou usar normalmente; quando atiradas, era clamado o nome de Odin, o deus da guerra conhecido por sua lança, Gungnir.

Mas os vikings também usavam o arco e flecha, principalmente nas batalhas marítimas, e os machados. Estes, entretanto, foram mais usados no começo da era viking, em especial no cotidiano por ser simples e rústico, não possuindo detalhes luxuosos, como algumas espadas.

Os escudos eram de madeira e possuíam detalhe de metal no meio e ao longo da borda para proteger a mão. Também havia tipos específicos de infantaria, como os berserkers, que imitavam a ferocidade e bravura dos animais selvagens, muitas vezes não usando proteções nas guerras, efeito a que se chegava com cogumelos alucinógenos e bebidas alcoólicas.

As mulheres

As mulheres tinham um status relativamente livre nos países nórdicos da Suécia, Dinamarca e Noruega, ilustrados nas leis islandesas Grágás, do Frostating norueguês e nas leis Gulating.

A tia paterna, a sobrinha paterna e a neta paterna, referida como odalkvinna, tinham o direito de herdar a propriedade de um homem falecido. Na ausência de parentes do sexo masculino, uma mulher solteira sem filho poderia herdar não só a propriedade, como também a posição como chefe da família de um pai ou irmão falecido. Tal mulher era chamada Baugrygr e exercia todos os direitos oferecidos ao chefe de um clã familiar - como o direito de exigir e receber multas pelo abate de um membro da família - até casar-se, pelo qual seus direitos eram transferidos para seu novo marido. Essas concessões desapareceram gradualmente após a introdução do cristianismo, e, a partir do final do século XIII, não são mais mencionadas.

Além de permitir que os vikings navegassem longas distâncias, seus navios dragão (dracar) traziam vantagens tácticas em batalhas. Eles podiam realizar manobras eficientes de ataque e de fuga, nas quais atacavam rápida e inesperadamente, desaparecendo antes que uma contraofensiva pudesse ser lançada. Os Dracares podiam também navegar em águas rasas, permitindo que os vikings entrassem em terra através de rios.

Existe um famoso museu viking em Oslo, na Noruega, denominado Vikingskipshuset, e outro localizado em Dublin, construído em um dos castelos da cidade, chamado de Dublinia. Além disso, há um museu dedicado aos barcos vikings, o Vikingeskibsmuseet na Dinamarca.

PUBLICAÇÕES MODERNAS

As primeiras publicações modernas sobre o que hoje chamamos de cultura viking apareceram no século XVI, como, por exemplo, História de gentibus septentrionalibus (Olavo Magno, 1555), e a primeira edição da Feitos dos Danos, escrita no século XIII, de Saxão Gramático, em 1514. O ritmo de publicação aumentou durante o século XVII com as traduções latinas de Edda (especialmente Islandorum Edda, de Peder Resen, em 1665).

Na Escandinávia, os estudiosos dinamarqueses do século XVII, Thomas Bartholin e Ole Worm, e o sueco Olof Rudbeck foram os primeiros a definir o padrão para usar runas e sagas islandesas como fonte histórica. Durante o Iluminismo e o Renascimento nórdico, o estudo histórico na Escandinávia tornou-se mais racional e pragmático, como foi testemunhado pelas obras do historiador dinamarquês Ludvig Holberg e do sueco Olof von Dalin.

Um contribuidor pioneiro britânico ao estudo dos vikings foi George Hicke, que publicou seu *Linguarum vett. septentrionalium thesaurus* em 1703-1705. Durante o século XVIII, o interesse e o entusiasmo britânico pela Islândia e pela cultura escandinava antiga cresceu dramaticamente, expressas em traduções inglesas dos textos Old Norse e poemas originais que exaltavam as supostas "virtudes viking".

Há quem pense que os vikings usavam elmos com chifres pois receavam, pelas suas crenças, de que o céu lhes pudesse vir a cair nas cabeças. Apesar desta conhecida imagem a respeito deles, eles jamais utilizaram tais elmos com chifres. Na realidade era uma crença celta e não nórdica.

Essas características não passam de uma invenção artística das óperas do século XIX, que reforçavam as nacionalidades, no romantismo, e que visavam a resgatar a imagem dos vikings como bárbaros cruéis, pois sua aparência era incerta.

Os capacetes que os vikings utilizavam eram cônicos e sem chifres. Não existe qualquer tipo de evidência científica (paleográfica, histórica, arqueológica, epigráfica) de que os escandinavos da era viking tenham utilizado capacetes com chifres. As artes plásticas e a literatura auxiliaram a divulgação dos estereótipos sobre os vikings, principalmente depois de 1880.

Capítulo 2
Asgard

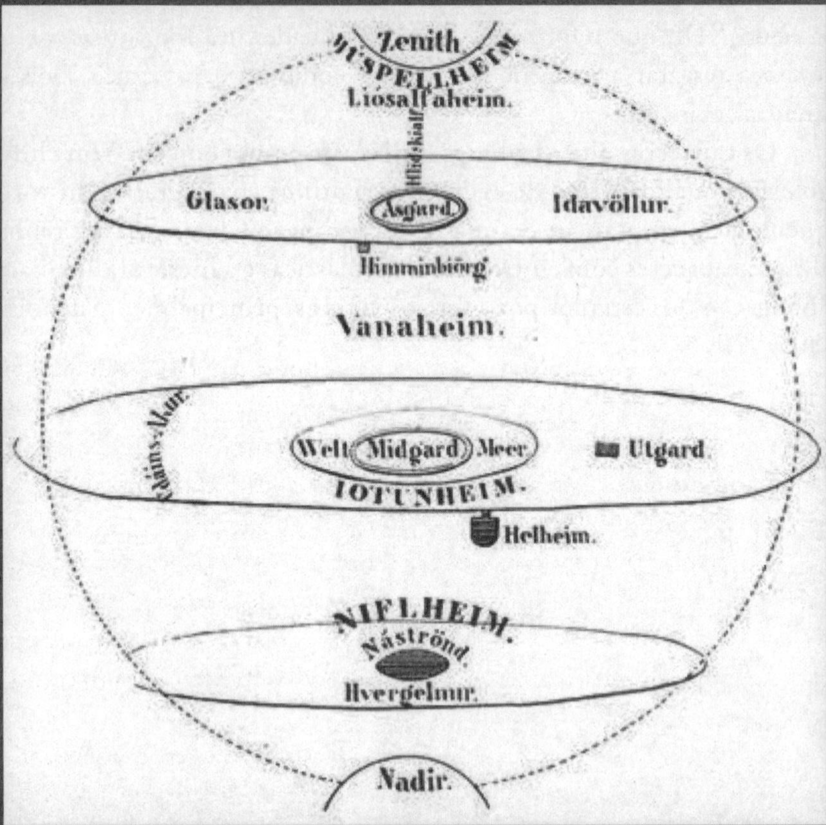

A família é o centro da comunidade de Asgard, podendo ser estreitamente relacionada com a fertilidade-fecundidade quanto com a agressividade.

NA MITOLOGIA NÓRDICA , SE ACREDITAVA QUE A TERRA ERA FORMADA POR UM ENORME DISCO LISO CHAMADO ASGARD, ONDE OS DEUSES VIVIAM.O CENTRO DO DISCO E PODERIA SER ALCANÇADO SOMENTE ATRAVESSANDO UM ENORME ARCO-ÍRIS: A PONTE DE BIFROST.

Os gigantes viviam em um lugar chamado Jotunheim (Casa dos Gigantes). Uma enorme ábade no subsolo escuro e frio formava o Helheim, que era governada pela deusa Hela. Este era a moradia eventual da maioria dos mortos.

Situado em algum lugar no sul ficava o reino impetuoso de Muspheлhein, repouso dos gigantes do fogo. Outros reinos adicionais da mitologia nórdica incluem o Alfheim, repouso dos elfos luminosos (Ljósálfar), Svartalfheim, repouso dos elfos escuros, e Nidavellir, as minas dos anões. Entre Asgard e Niflheim estava Midgard, o mundo dos homens.

No folclore escandinavo, estas crenças permaneceram por mais tempo e, em áreas rurais, algumas tradições são mantidas até hoje, recentemente revividas ou reinventadas e conhecidas como Ásatru ou Odinismo. A mitologia remanesce também como uma inspiração na literatura, assim como no teatro, na música e no cinema.

A família é o centro da comunidade de Asgard, podendo ser estreitamente relacionada com a fertilidade-fecundidade quanto com a agressividade de um povo hostil e habituado a guerras, em uma sociedade totalmente rural que visa a prosperidade e a paz para si. Deste modo, a religião é muito mais baseada no culto do que no dogmatismo ou na metafísica, uma religiosidade baseada em atos, gestos e ritos significativos, muitas vezes girando em torno de festividades a certos deuses, como Odin e Tyr.

De acordo com pesquisadores, o povo escandinavo era encantado pelo mundo em que viviam – isto é, eles não sentiram a necessidade de buscar a

salvação do mundo. Em vez disso, ficavam maravilhados e encantados com a maneira como era o mundo em que viviam, incluindo a natureza.

Como surgiu Asgard

Os muros que cercam Asgard foram construídos por um gigante. Como pagamento por seu trabalho, ele deveria receber a mão de Freya em casamento que é uma das deusas mais belas e também deusa da fertilidade, do sol e da lua.

O acordo só valeria desde que o trabalho fosse terminado dentro de seis dias. O gigante possuía um cavalo muito rápido e forte. Odin, que temia a perda das maçãs douradas da juventude, ameaçou matar Loki se ele não salvasse os deuses do trato.

O deus trapaceiro transformou-se em uma égua e no último dia do acordo ele foi ao local, e seduziu o cavalo mágico do gigante, Svadilfari. Deste modo, o trabalho não foi terminado a tempo, e os deuses conseguiram se livrar do pagamento. Loki se transformou em uma égua branca, seduziu o cavalo do gigante e pariu Sleipnir, o cavalo de 8 patas que posteriormente, foi dado a Odin como presente.

Salões

O guardião de Asgard é Heimdall. A planície de Hilda é o centro de Asgard. Os Aesir encontram-se lá para a discussão de temas importantes - os deuses masculinos reúnem-se em um salão chamado Gladsheim, e as deusas em um salão chamado Vingolf. Eles também encontram-se diariamente no Well of Urd, abaixo de Yggdrasil.

Valhala

Em Asgard, os Aesir construíram uma imensa fortaleza, no meio da qual ficavam as planícies de Ida. Aqui eles ergueram dois salões magníficos: Gladsheim, que continha assentos altos para Odin e os doze pares entre os Aesir; e Vingolf, que tinha assentos altos para Frigg e as deusas.

Em volta de Lidskjalf, de onde Odin examina o universo, erguia-se o salão Valaskjalf, coberto com um telhado de prata. Valhalla era o salão mais importante, o salão de banquetes dos Aesir. Ali Odin realizou um grande festival não apenas para os Aesir, mas para todos os heróis, bravos guerreiros que após a morte vieram a sua presença. Em Valhalla havia 640 portais, através de cada um dos quais, 960 guerreiros podem marchar lado a lado.

Em Valhalla, os deuses se divertiam com batalhas e banquetes. De manhã, vestindo suas armaduras, eles saltam para o campo para lutar e matar uns aos outros; no entanto, eles se levantam ilesos, sentam-se para comer e beber e continuam sendo os melhores dos camaradas.

Javali e cerveja

A população de deuses está em constante crescimento; mas seu número nunca é tão grande que eles não tenham o suficiente para comer da carne do javali Sæhrimnir. O cozinheiro, chamado Andhrimnir, a cada dia ferve o javali em uma chaleira chamada Eldhrimnir; mas à noite a besta está tão viva e ilesa como antes.

Os deuses bebem cerveja e hidromel servidos por eles pelas valquírias. Odin e seus homenageados bebem vinho. Todo o hidromel que bebem corre do úbere de Heidrun, uma cabra que fica no telhado de Valhalla cortando os galhos de uma árvore chamada Lærad. O hidromel enche uma grande panela de barro no corredor, o suficiente para deixar todos deuses bêbados. Lærad possui não apenas a virtude inerente de produzir todo o hidromel; no telhado de Valhalla há também um cervo chamado Eikthyrnir, que rói a árvore e de cujos chifres caem as gotas em Vergelmir; daí fluem doze rios que regam o domínio do Aesir e, além disso, treze outros rios.

Bilfrost

Entre o céu e a terra, os Aesir ergueram uma ponte chamada Bifrost ou o arco-íris. A tonalidade avermelhada da ponte é a luz de um fogo que arde sem cessar para evitar que os Gigantes a atravessem. Bifrost é, de todas as pontes, a mais bonita e a mais forte, mas por fim ela se despedaçará, quando chegar o momento do fim de todas as coisas.

Além de Odin, existiam doze Aesir, tidos como as principais divindades do universo. Eles dividiram entre si o domínio sobre todas as coisas e, a cada dia, deliberavam sobre quais eventos deveriam acontecer. Odin era o líder supremo, o mais poderoso dos deuses, o preservador de todas as coisas, e, portanto, ele foi chamado de Pai de Todos.

Em Gladsheim, onde ficavam os altos assentos dos deuses, eles se aconselharam. Como governantes do universo, os deuses tinham os títulos de regin ou rogn, governadores; vínculo ou hopt, vinculando ou unindo poderes. Seus assentos altos também eram chamados de assentos de julgamento (rokstólar). Os deuses ou Aesir eram divindades sagradas, poderosas; como deuses da guerra (sigtívar) ou deuses da batalha (valtívar). Eles amavam os humanos e protegiam os homens contra gigantes, anões e elfos negros. Defendiam a retidão e a justiça.

Quando os deuses realizavam suas assembleias solenes em que compareciam todos os Aesir, eles recorriam ao freixo Yggdrasil, a árvore do universo.

Capítulo 3

Yggdrasill
A Árvore da Vida

Apenas os deuses conseguem viajar pelo arco-íris, pois a ponte queimaria os pés de qualquer gigante do gelo ou troll que tentasse atravessá-la para chegar a Asgard.

A YGGDRASILL É UMA ÁRVORE ENORME, QUE É O EIXO DO MUNDO. ALGUNS ESTUDIOSOS CONCLUÍRAM QUEM É UM FREIXO, OUTROS AFIMARAM QUE É UM TEIXO. SEGUNDO A MITOLOGIA, ERA A MAIS PODEROSA, A MAIS BELA E PERFEITA DE TODAS AS ÁRVORES. ELA CRESCE ENTRE OS NOVE MUNDOS E OS UNE UNS AOS OUTROS. É A MAIOR ÁRVORE QUE JÁ EXISTIU, A MAIS ALTA E A MAIS ROBUSTA. A COPA SE ELEVA ACIMA DO CÉU. TAMBÉM A CHAMAM DE ÁRVORE MÁGICA OU ÁRVORE DO MUNDO.

É uma árvore tão gigantesca que fincou suas raízes em três mundos, sendo nutrida por três poços. A primeira raiz, a mais profunda, se estende pelo mundo inferior até Niflheim, o lugar que existia antes de todos os lugares. No centro daquele mundo escuro há uma fonte em eterna ebulição, Hvergelmir, borbulhando com tanta intensidade que soa como uma caldeira fervente. O dragão Nidhogg habita essas águas, e não para de mastigar a raiz sob a superfície.

O tronco era Midgard, ou seja, o mundo material dos homens; a parte mais alta, que se dizia tocar o Sol e a Lua, chamava-se Asgard (a cidade dourada), a terra dos deuses, e Valhala, o local onde os guerreiros vikings eram recebidos após terem morrido, com honra, em batalha.

Frutas mágicas

Dizem que nas frutas de Yggdrasil estão as respostas das grandes perguntas da humanidade. Por esse motivo ela sempre é guardada por uma centúria de valquírias, denominadas protetoras, e somente os deuses podem visitá-la.

Acreditavam que as folhas de Yggdrasil podiam trazer pessoas de volta a vida e apenas um de seus frutos, curaria qualquer doença e até mesmo salvaria a pessoa à beira da morte.

Nos galhos mais altos dessa árvore, também chamada de a Árvore do Mundo, vive uma grande águia, um ser que sabe muitas coisas. Há também um gavião, que passa os dias empoleirado entre os olhos da águia.

Um esquilo, Ratatosk, vive nos galhos da Árvore do Mundo. Ele leva mensagens e insultos de Nidhogg, o horrendo devorador de cadáveres, para a águia e vice-versa. O esquilo mente para os dois, e nada o deixa mais alegre do que enraivecê-los.

Há quatro cervos pastando nos enormes galhos da Yggdrasill, devorando sua folhagem e seu tronco. Há inúmeras cobras na base da árvore, mordiscando as raízes.

É possível transitar pela Árvore do Mundo. Foi nela que Odin se enforcou, oferecendo a si mesmo como sacrifício, fazendo da Árvore do Mundo uma forca, e tornando a si mesmo o deus da forca.

NOVE MUNDOS

Os deuses usam a Árvore do Mundo. Eles viajam entre os nove mundos através da Bifrost, a ponte arco-íris. Apenas os deuses conseguem viajar pelo arco-íris, pois a ponte queimaria os pés de qualquer gigante do gelo ou troll que tentasse atravessá-la para chegar a Asgard.

Os nove mundos são:

1. Asgard, lar dos Aesir. Onde Odin estabeleceu sua morada.

2. Álfheim, onde vivem os elfos da luz. Criaturas tão belas quanto o sol e as estrelas.

3. Nídavellir, também conhecido como Svartalfheim, lar dos anões (ou elfos negros). Vivem sob as montanhas, onde erguem criações impressionantes.

4. Midgard, o mundo de mulheres e homens, o mundo dos humanos.

5. Jötunheim, onde os gigantes do gelo e os gigantes das montanhas vivem, circulam e constroem seus salões.

6. Vanaheim, onde vivem os Vanir. Tanto os Aesir quanto os Vanir são deuses. Unidos por tratados de paz, muitos dos Vanir vivem em Asgard com os Aesir.

7. Niflheim, o mundo escuro feito de névoa.

8, Muspell, o mundo das chamas, onde Surt aguarda.

9. Hel é o mundo, para onde vão os mortos que não tiveram uma morte honrada em batalha.

A última raiz da Árvore do Mundo se estende até uma fonte na residência dos deuses Aesir, em Asgard. É ali que, dia após dia, os deuses se reúnem no conselho, e é ali que vão se reunir nos últimos dias do mundo, antes de partirem para a batalha final, o Ragnarök. Essa fonte se chama poço de Urd.

Poço de Urd

O poço pertence à Urd, que é a sorte e o destino. Urd é o nosso passado. Junto dela moram suas irmãs: Verdandi – cujo nome significa "ser" – , a quem pertence o presente; e Skuld – que significa "o que está por vir" – , cujo domínio é o futuro. Três jovens e sábias irmãs, as Nornas, cuidam desse poço, se certificando de que as raízes da Yggdrasill estejam sempre cobertas de lama e bem cuidadas.

As Nornas decidem o que acontece em nossas vidas. Há outras Nornas, não apenas essas três. Nornas gigantes e elfas, Nornas anãs e Vanir, Nornas boas e más; e são elas quem decidem qual será nosso destino. Algumas Nornas dão boas vidas às pessoas, já outras oferecem vidas difíceis, curtas ou tortuosas.

As Nornas moldam nosso destino, ali no poço de Urd.

Em Jötunheim, lar dos gigantes, fica o poço de Mímir. Suas águas borbulham das profundezas do solo, alimentando Yggdrasill, a Árvore do Mundo. Mímir, o sábio, o guardião da memória, sabe muitas coisas. Seu poço é conhecimento e, quando o mundo era jovem, Mímir bebia dele todas as manhãs, enfiando o chifre Gjallarhorn nas águas e vertendo todo o seu conteúdo.

Capítulo 4
Odin

Como pai dos deuses, Odin tinha o poder de vigiar todos os nove reinos com seu único olho que brilhava tanto quanto o sol, o que explicava o movimento do astro no céu.

NA MITOLOGIA NÓRDICA, ODIN É O DEUS PRINCIPAL DOS AESIR DAS RELIGIÕES NEOPAGÃS GERMÂNICAS. ERA O DEUS DA SABEDORIA, DA GUERRA E DA MORTE. TAMBÉM REINAVA SOBRE A MAGIA, A POESIA, A PROFECIA E A VITÓRIA E A CAÇA. ERA SOBRETUDO ADORADO PELAS CLASSES SOCIAIS SUPERIORES.

Odin morava em Asgard, no palácio de Valaskjálf, que ele construiu para si, e onde se encontra seu trono, o Hliðskjálf, onde podia observar o que acontecia em cada um dos nove mundos, graças aos seus dois corvos Hugin e Munin. Durante o combate brandia sua lança, chamada Gungnir, e montava seu cavalo de oito patas, chamado Sleipnir.

Odin era filho de Borr e da jotun ("gigante") Bestla, irmão de Vili e Vé, esposo de Frigg e pai de vários dos deuses como Thor, Balder, Vidar e Vali.

Como deus da guerra, era encarregado de enviar suas "filhas", as valquírias, para recolher os corpos dos heróis mortos em combate, os einherjar, que se sentam a seu lado no Valhalla de onde preside os banquetes.

No fim dos tempos Odin conduzirá os deuses e os homens contra as forças do caos na batalha do fim do mundo, o Ragnarök. Nesta batalha o deus será morto e devorado pelo feroz lobo Fenrir, que será imediatamente morto por Vidar, que, com um pé sobre sua garganta, lhe arrancará a mandíbula.

O nome do deus no nórdico antigo é Óðinn, latinizado como Otino (Othinus), no germano Wotan e no primitivo germânico sob a forma de Wodanaz, no gótico, Vôdans, no dialeto das ilhas Feroé (nas costas da Noruega), Ouvin, no antigo saxão, Wuodan, no alto alemão, Wuotan, enquanto que entre os lombardos e na região da Vestefália aparece Guodan ou Gudan, e na Frísia, Wêda.

Nos dialetos dos alamanos e borgundos temos a expressão Vut, usada até hoje no sentido de ídolo. Essas denominações estão ligadas pela raiz, no nórdico arcaico, às palavras vada e od, e, no antigo alto alemão, a Watan,

Navutan, Wuot, que significavam a princípio razão, memória ou sabedoria. Mais tarde tornaram-se equivalentes a tempestuoso ou violento, sentido que os cristãos faziam empenho de acentuar, procurando depreciar a figura do deus nórdico.

Como pai dos deuses, Odin tinha o poder de vigiar todos os nove reinos com seu único olho que brilhava tanto quanto o sol, o que explicava o movimento do astro no céu. Ele tinha uma forte ligação com os mortos e os vencidos em campos de batalha, além de adorar vinho.

A quarta-feira, dia que é dedicado ao deus Odin, tomou a denominação onsdag em sueco e dinamarquês (Old Norse, odinsdagr), wednesday em inglês (antigo saxão, wôdanes dag, anglo-saxão, vôdnes dag), woensdag em holandês, godenstag ou gunstag no dialeto da Vestefália.

Na Edda Poética - a fonte principal do nosso conhecimento sobre a mitologia nórdica, o maior ciclo é naturalmente o do deus supremo, compreendendo as seguintes baladas: Baldrs Draumar (Os Sonhos de Balder), Hárbarzljóð (A Balada de Harbard), Vafþrúðnismál (A Balada de Vafthrudnir), Grímnismál (A Balada de Grimnir) e Hávamál (As Máximas de Hár).

Odin se apresenta sob diversos nomes nas baladas édicas, de acordo com as exigências da situação. Sabemos, pela Völuspá (A Profecia da Vidente) e Hyndluljóð (A Balada de Hyndla), que ele é filho de Borr. As elevadas designações de velho criador e pai dos homens, que o poeta anônimo lhe deu em Baldrs Draumar e no Vafþrúðnismál, bem como a informação de que Odin dera o fôlego (Völuspá) a um casal inanimado, não deixa dúvidas sobre uma interferência na criação da humanidade. No Grímnismál há o cognome de príncipe dos homens, na Lokassena (A Altercação de Loki) de pai das batalhas, na Völuspá, de pai dos exércitos, e no Grípisspá (A Profecia de Gripir), de pai da escolha ou pai dos mortos em batalha.

ANTEPASSADOS DE ODIN

Búri foi o primeiro deus na mitologia nórdica. O Pai de Borr e avô de Odin, foi criado pela vaca Audumla que lambia o gelo salgado de Ginnungagap. A única fonte existente deste mito é a Edda em prosa de Snorri Sturluson.

A vaca lambeu os blocos de gelo, que eram salgados. No primeiro dia surgiu dos blocos o cabelo de um homem; no segundo dia, a cabeça de um homem; no terceiro dia todo o homem estava ali. Ele se chamava Búri: tinha feições delicadas, era grande e poderoso. Dele surgiu um filho chamado Bor.

Bolthorn foi um gigante, pai de Bestla. Era também descendente de Imer, e, portanto, o avô materno de Odin, Vili e Vé. É também o pai de um gigante sem nome (talvez Mímir), que ensinou Odin nove fórmulas mágicas ou encantamentos

O pai de Odin era Borr, a quem Odin ocasionalmente se refere como Filho de Borr, mas não se dá mais informações sobre ele.

A mãe de Odin era uma gigante chamada, Bestla, uma antigaj otun, filha de Bolthorn e irmã de Mímir. Alén de Odin, Bestla era mãe de Vé e de Vili.

ESPOSA DE ODIN

Frigga (nórdico antigo: Frigg) é a deusa-mãe da dinastia de Aesir, esposa de Odin, madrasta de Thor, Meili, Bragi , Váli e Vidar e mãe de Baldur, Hoder e Hermod.

Frigga é a deusa da fertilidade, do amor e da união. É também a protetora da família, das mães e das donas de casa, e símbolo da doçura. Além disso, é a única deusa além de Odin que pode sentar-se no trono "Hlidskjalf" e observar o universo.

Frigga era a mais formosa entre as deusas, a primeira esposa de Odin, rainha do Aesir e deusas do céu. Deusa do clã do Ásynjur, é uma deusa da união, do matrimônio, da fertilidade, do amor, da gerência da casa e das artes domésticas.

Suas funções preliminares nas histórias mitológicas dos nórdicos são como a esposa e a mãe, mas estas não são somente suas funções. Tem o poder da profecia embora não diga o que conhece, e seja única, à excepção de Odin, a quem é permitido se sentar em seu elevado trono Hlidskialf e olhar para fora sobre o universo. Participa também na Caça Selvagem (Asgardreid) junto com seu marido.

Frigga tem a companhia de Eir, médico dos deuses da cura. Os assistentes de Frigga são Hlín (a deusa da proteção), Gná (a deusa dos mensageiros), e Fulla (deusa da fertilidade). Não é claro se os companheiros e os assistentes de Frigga são os aspectos simplesmente diferentes da própria Frigga.

De acordo com o poema Lokasenna, Frigga é filha de Fjorgyn (versão masculina da "terra. O seu nome tem várias representações (Frige, Frija, Fricka etc.) sendo também, por vezes, relacionada ou confundida com a deusa Freya.

Com a gigante Gríðr ou Grid, Odin teve Vidar. É feita a referência a Grid no poema de Eilífr Goðrúnarson Þórsdrápa e na segunda parte do Edda em prosa de Snorri Sturluson, Skáldskaparmál

Tinha o poder de fazer magia, e uma vara mágica de nome Gríðarvölr.

Quando Loki planeja matar Thor, Gríðr ajuda Thor, prevenindo-o de que o gigante é traiçoeiro e dando-lhe uns presentes mágicos que lhe salvam a vida: uma vara mágica (Gríðarvölr), umas luvas de ferro (Járngreipr) e um cinto de força.

Os filhos de Odin

Thor, Vali e Balder são os filhos de Odin reconhecidos universalmente, mas tudo indica que Odin teve muitos outros filhos.

A mãe de um dos filhos mais conhecidos de Odin, Thor, é Jord, ou Jörð (em islandês "terra", pronunciado [Jord] ou "yurd" e em nórdico antigo jǫrð, pronunciado [jɔrð], às vezes anglicizado como Jord ou Jorth, também chamada de Jard ou Jɑrð como no nórdico antigo do oriente), é uma jötunn fêmea. Ela é a personificação da Terra. Fjörgyn e Hlóðyn são outros nomes de Jord.

Com Jord, Odin teria tido outro filho, irmão de Thor: Meili, cuja existência é comprovada nas Eddas de Snorri Sturluson. Para além da sua relação a Odin e Thor, não há informações adicionais sobre a divindade em qualquer fonte.

Hermodr

Com Frigga, Odin foi pai de Hermodr (norueguês antigo Hermóðr, significando guerreiro, divisão ou guerra), também conhecido como Hermod.

Além de ser o mensageiro dos deuses é também aquele que carrega as almas dos mortos para o submundo.

Quando os deuses precisaram da ajuda de alguém para pedir a Hel a alma de Balder, foi Hermod que se deu por voluntário. Odin em agradecimento o emprestou seu cavalo Sleipnir. Ao chegar ao Niflheim, Hermod pediu a Hel que deixasse seu irmão voltar. Hel impôs a condição de que todas criaturas deveriam chorar ou implorar por sua volta. Todos os seres animados e inanimados choraram e imploraram a volta de Balder, exceto a giganta Thok, na verdade, Loki disfarçado, que não o fez. E assim, Balder não pôde voltar.

Hoder

Outro filho de Odin com Frigga foi Höðr, Hoder ou Hóder era um deus cego, irmão de Balder e filho de Odin. Assassinou involuntariamente seu irmão e morreu pelas mãos de Vali, filho de Odin.

Segundo o relato contido nas Eddas, o deus Balder tinha pesadelos onde pressagiava sua morte e sua mãe, a deusa Frigg percorreu o mundo fazendo com que todas as coisas do mundo jurassem que jamais machucariam seu filho. Loki soube disso e se enfureceu, indo falar com Frigg disfarçado e ela lhe mencionou que não havia considerado necessário fazer jurar ao visgo, por considerá-lo inofensivo. Loki ao saber isso fez um dardo utilizando um ramo de visgo e guiou a Höðr para que atirasse contra ele como uma brincadeira, matando Balder.

Em outra versão diferente do mito relatado em Feitos dos Danos, não se faz menção a Loki, e Balder é morto por Höðr com uma punhalada.

Balder

Ainda com Frigga, Odin foi pai de Balder ou Baldur (em nórdico antigo: Balðr), também citado como Baeldaeg em algumas fontes históricas, é uma divindade da mitologia nórdica. É relacionado com a justiça e a sabedoria, e todos os deuses o louvam pela sua beleza. Segundo algumas fontes, este deus seria filho de Odin e Frigga, segundo outras seria apenas um "protegido" destes. Era, em qualquer dos casos, uma divindade da justiça e da sabedoria, e embora não pertencesse ao núcleo de deuses superiores, Aesir, era-lhe permitida a permanência em Asgard.

Balder é marido da bela Nana, uma deusa benevolente e bela, que se atirou em sua pira funerária para habitar em Hel com seu marido. São pais de Forseti, uma divindade da justiça, que alguns dizem presidir as Things (assembleias dos homens livres).

Balder disseminou a boa vontade e a paz em todos os lugares que visitou, o que fez dele um dos deuses mais amados. Sua popularidade e bondade inata atraíram a ira de Loki.

Um dia, Balder passou a ser atormentado por estranhos pesadelos, um sinal de sua morte iminente, e isso acabou perturbando todos os deuses. Depois de muito investigar, Odin descobre das völva (sereias feiticeiras do submundo) o destino de Balder e toma algumas precauções para evitá-lo, enviando Frigga com a missão de obter um juramento de todos os seres vivos e não vivos de que jamais fariam mal a Balder. Porém, Loki se disfarça de mulher e tem uma conversa com Frigga, descobrindo que todos os seres, à exceção de uma pequena planta, o visco, prestaram juramento, pois Frigga a julgara pequena e inofensiva por esta ser ainda muito jovem.

Aconteceu então uma festa em que todos os deuses se divertiam atirando toda sorte de coisas em Balder, as quais sempre se desviavam de seu alvo. Havia um, porém, que não participava da brincadeira, Hoder (ou Hod), o irmão cego de Balder. Loki, disfarçado, pergunta a Hod por que ele também não participa da festa, e este responde que não sabia em que direção atirar. Aceitando a sugestão de Loki, Hod atira uma flecha feita de um ramo de visco no coração de Balder, que no mesmo instante cai morto.

Frigga pede para Hermodr ir ao submundo trazê-lo de volta. Hela concorda, com a condição de que todos os seres vivos derramassem uma lágrima por Balder. Mas a tentativa é novamente frustrada por Loki, que disse que não o faria. Dessa forma, Balder não pôde ser ressuscitado.

Não obstante, esperava-se que Balder retornasse após uma grande catástrofe mundial (o Ragnarok) e governasse um mundo novo. A semelhança dessas expectativas pode ter ajudado na difusão inicial do cristianismo entre os nórdicos.

Váli

Da relação com Rind, Odin se tornou pai de Váli, que nasceu com o propósito de matar o deus cego Hoder, pelo assassinato de Balder. Nasceu destinado a sobreviver ao Ragnarok para preservar a cultura viking.

Vali é a personificação da luz dos dias que crescem mais com a aproximação da primavera. Como os raios de luz eram descritos frequentemente como setas, Vali era geralmente representado e venerado como um arqueiro.. Após a cristianização dos povos germânicos, Vali passou a ser sincretizado com São Valentim.

Na mitologia nórdica existe um outro Váli, o filho de Loki e Sigyn.

Vidar

Vidar ou Vídar (vindo do norueguês antigo Víðarr[é mais um dos filhos de Odin, deus associado à vingança. Sua mãe é a gigante Gríðr, uma amiga dos deuses. Ele é tão forte que ninguém, além de Thor e Magni consegue superá-lo.

Vidar mora em Vidi, um grande salão de Asgard.[

Vidar possui um de seus sapatos feito de todo resto de couro de todos os sapatos que foram feitos.

Seu propósito é, na batalha do Ragnarök, vingar a morte de seu pai, morto pelo lobo Fenrir, sendo um dos poucos sobreviventes desse evento.

Nesta batalha, Vidar mata Fenrir abrindo sua boca e rasgando-o ao meio. Vidar também sobrevive aos ataques de fogo de Surtur.

Bragi

Bragi ou Brágui, é filho de Odin e da gigante Gunnlod. É reconhecido por ser o deus nórdico da música e da poesia. É o protetor dos trovadores. Era casado com Iduna, deusa que concede juventude eterna aos deuses.

Na Lokassena, uma saga que conta como Loki invadiu um banquete dos deuses e os acusou com calúnias e verdades dolorosas, Bragi foi acusado por Loki de ser um deus efeminado, e ao defender o esposo, a deusa Idunna foi acusada de ser uma deusa adúltera, e Bragi e Iduna se divorciaram.

Thor

Thor, o deus do trovão, é o filho mais famoso de Odin e merece um capítulo só para ele.

Curiosidades sobre Odin

- Em linguagem corrente na Escandinávia e no norte da Alemanha, conforme observa-se entre pessoas cultas, são usadas as expressões zu Odin fahren ou hei Odin zu Gast sein, e far þu til Odin ou Odins eigo þik, citadas também por Jacob Grimm, para imprecações equivalentes a "vá para o diabo", ou "o diabo que o carregue". É uma tendência malévola que se explica, não só pela ação do cristianismo, mas ainda pelas atitudes violentas e sombrias que o deus tomava, infligindo castigos inflexíveis, como o sono imposto à (valquíria) Brynhild por esta tê-lo desobedecido, e atravessando os ares com seu exército de maus espíritos, nas noites de tempestades, nas chamadas Caçadas Selvagens.

- Odin é onisciente (sabe tudo) e com seu cavalo Sleipnir pode chegar rapidamente a todos os lugares. Chefe do clã Aesir, Odin é o deus da guerra, dos mortos, da magia, da poesia e do alfabeto rúnico. Junto de seus irmãos, criou o mundo e a humanidade.

- Os corvos Muninn (Sabedoria) e Huginn (Pensamento) não deixam escapar de Odin nada do que acontece. Após sobrevoar os nove mundos, eles retornam ao trono de Odin para lhe contar todas as notícias. Por isso, Odin também é conhecido como Deus Corvo, aquele que tudo sabe.

- O Adão e a Eva da mitologia nórdica surgiram não do barro, mas da madeira! Após a criação de todas as coisas do mundo, inclusive de Asgard (a morada dos deuses), Odin e seus irmãos estavam caminhando à margem do oceano e viram dois troncos trazidos pelo mar. Desses troncos foram feitos os primeiros seres humanos.

Símbolos

Nas baladas da Edda, o deus supremo está em ligação com símbolos, emblemas e certos elementos adequados às diversas circunstâncias em que aparece. Assim, no (Valhala), ele tem o seu grande palácio onde recebe e aloja os guerreiros mais valorosos, e em outro dos seus três salões em Asgard, o alto Valaskjalf, senta-se no trono Hlidskialf, de onde é possível enxergar o mundo inteiro e acompanhar todos os acontecimentos da vida.

Aos pés de Odin, deitam-se os dois lobos Geri e Freki, símbolos da gulodice, que o acompanham em suas caçadas e lutas, alimentando-se dos cadáveres dos guerreiros.

. Quando se encaminha a uma batalha, o que é frequente, usa armadura e elmo de ouro, trazendo nas mãos o escudo e a lança Gungnir, que tem runas gravadas no cabo, montando seu famoso corcel de oito patas, Sleipnir, que tem a habilidade de cavalgar no espaço, por cima das terras e águas.

Em muitas passagens, descrevem-se as andanças de Odin, em que se apresenta sob o disfarce de um viajante baixo e de cabelos escuros, envolvido numa enorme capa azul ou cinza, com um chapéu de abas largas, quebradas acima do olho perdido e o outro olho negro faiscante, como nas baladas édicas Vafþrúðnismál e no Grímnismál, e com os nomes significativos de Gagnrad

(o que determina a vitória), Grimnir (o disfarçado), além do Hávalmál (parte III) e nos Baldrs Draumar, respectivamente com os nomes Hár (o elevado, o eminente, o sublime) e Vegtam (o acostumado aos caminhos).

Olho de Odin

Há muito, muito tempo, quando os mundos eram jovens, Odin vestiu seu manto comprido e seu chapéu e, disfarçado de andarilho, viajou pela terra dos gigantes, arriscando a vida para chegar ao poço de Mímir e obter conhecimento. *"Tudo que peço, tio Mímir, é beber uma única vez da água de seu poço"* pediu Odin.

Mímir balançou a cabeça. Ninguém bebia do poço além dele próprio. O sábio nada respondeu: é raro cometer erros quando se está calado.

"Sou seu sobrinho. Minha mãe, Bestla, era sua irmã", anunciou Odin.

"Não é o bastante" respondeu Mímir.

"Se eu beber de seu poço, Mímir, serei sábio. Dê-me seu preço."

" O preço é seu olho. Coloque seu olho no poço."

Odin não perguntou se aquilo era uma brincadeira do tio. A jornada pela terra dos gigantes até o poço de Mímir havia sido longa e perigosa. Odin arriscara a vida para chegar até ali. Estava disposto a fazer mais do que isso pela sabedoria que buscava. Com um olhar determinado, Odin disse:

"Me dê uma faca."

Odin colocou o olho no poço com todo o cuidado. Seu olho o encarava sob a superfície. Odin encheu Gjallarhorn (chifre) com a água do poço de Mímir e levou aos lábios. A água era fria. Ele bebeu tudo. A sabedoria o preencheu. Odin passou a ver mais longe e com mais clareza com seu único olho do que jamais vira com os dois.

Com isso, Odin recebeu outros nomes: chamavam-no de Blindr, o deus cego; de Hoarr, o caolho; e de Baleyg, do olho flamejante.

O olho de Odin permaneceu no poço de Mímir, preservado pelas águas que alimentam as cinzas do mundo, vendo nada, observando tudo.

O tempo passou. Já no fim da guerra entre os Aesir e os Vanir, quando os clãs trocavam guerreiros e chefes entre eles, Odin enviou Mímir aos Vanir como conselheiro para Hoenir, o deus Aesir que seria o novo chefe dos Vanir.

Hoenir era alto e belo, com aparência de rei. Quando Mímir estava em sua presença para aconselhá-lo, Hoenir também falava como rei e tomava decisões sábias. Mas, quando Mímir não estava com ele, Hoenir parecia incapaz de tomar qualquer decisão, e os Vanir logo se cansaram. E sua vingança não foi contra Hoenir, mas sim contra Mímir, que teve a cabeça decepada e enviada para Odin.

Odin não ficou com raiva. Ele esfregou a cabeça do tio com algumas ervas, para impedir que apodrecesse, então cantou feitiços e encantamentos, pois não queria que o conhecimento de Mímir se perdesse. Não demorou para Mímir abrir os olhos e falar com ele. O conselho de Mímir foi bom, como sempre.

Odin levou a cabeça de Mímir até o poço sob a Árvore do Mundo e a deixou ali, ao lado do próprio olho, nas águas do conhecimento do futuro e do passado.

Odin entregou o chifre Gjallarhorn para Heimdall, o guardião dos deuses. No dia em que Heimdall soar Gjallarhorn, os deuses despertarão, não importa onde estiverem, não importa quão pesado seja seu sono.

Heimdall soará o Gjallarhorn apenas uma vez, anunciando o fim de todas as coisas, o Ragnarök.

A MORTE DE ODIN

Odin se enforcou na Árvore do Mundo, Yggdrasill, e ficou pendurado em um galho por nove noites.

Seu corpo foi perfurado pela ponta de uma lança – um ferimento gravíssimo. Os ventos agarraram e açoitaram seu corpo dependurado. Ele nada comeu durante os nove dias e as nove noites, e nada bebeu. Ficou ali, sozinho, com dor, a vida se esvaindo pouco a pouco.

Em meio ao frio e à agonia, já à beira da morte, seu sacrifício rendeu um fruto sombrio: no êxtase da dor, Odin olhou para baixo, e as runas lhe foram reveladas. Ele as compreendeu, assimilando seu poder e significado. Então a corda se partiu, e, com um grito, Odin caiu da árvore.

Ele passou a entender a magia. E o mundo passou a lhe pertencer.

Ele viaja para todos os cantos sob um disfarce, querendo ver o mundo como as pessoas comuns. Quando caminha entre nós, é na forma de um homem alto usando manto e chapéu.

Quando ele se senta em seu grandioso trono em Hlidskjalf, contempla tudo, não importa onde no universo. Nada pode ser ocultado de Odin.

Ele trouxe a guerra para o mundo: as batalhas eram iniciadas com um guerreiro arremessando a lança na direção do exército inimigo, dedicando a batalha e suas mortes a Odin. Os sobreviventes resistiam pela graça de Odin; e os caídos na guerra eram traídos por ele. Os guerreiros mortos em batalha são levados pelas Valquírias – belas donzelas guerreiras que recolhem as almas dos mortos honrados – para um salão conhecido como Valhala. Lá ele estará esperando pelos caídos, e os mortos beberão, lutarão, batalharão e se banquetearão tendo Odin como líder.

Capítulo 5
Thor

A mãe de Thor era Jörd, a deusa da terra. E seus filhos são Módi, o raivoso, e Magni, o forte. Sua filha é Thrud, a poderosa.

THOR É, CERTAMENTE O DEUS NÓRDICO MAIS POPULAR ENTRE NÓS. THOR, FILHO DE ODIN, É O FORJADOR DE TROVÕES. ELE É BEM DIRETO E FRANCO, AO CONTRÁRIO DO PAI, QUE É ARDILOSO; É AMIGÁVEL E CARISMÁTICO, SORRATEIRO.

Thor é grande, tem barba ruiva e é forte, de longe o mais forte dos deuses. Sua força é ampliada pelo seu cinturão, Megingjord: sempre que o usa, a força de Thor dobra. Thor é o defensor de Asgard e Midgard.

Sua arma é Mjolnir, um martelo impressionante, forjado por anões especialmente para ele. Trolls, gigantes do gelo e gigantes das montanhas, todos tremem quando avistam Mjolnir, que matou muitos de seus irmãos e amigos. Thor podia tornar seu martelo tão grande ou tão pequeno quanto quisesse. Ele podia arremessá-lo, através do ar, que sempre encontrava seu alvo e voltava sozinho para sua mão

Thor também usa luvas de ferro, que o ajudam a segurar o cabo da arma.

A mãe de Thor era Jörd, a deusa da terra. E seus filhos são Módi, o raivoso, e Magni, o forte. Sua filha é Thrud, a poderosa.

Ele é casado com Sif, dos cabelos dourados. Ela teve um filho, Uller, antes de se casar com Thor, e Thor é seu padrasto. Uller é um deus que caça com arco e flecha, o deus dos esquis.

Além de trovões, relâmpagos e tempestades, Thor está relacionado a árvores de carvalho, força, proteção da humanidade e também a santificação, cura e fertilidade e a guerra.

Dentro do período moderno, Thor continuou a ser reconhecido no folclore rural de todas as regiões germânicas, é frequentemente referido em nomes de lugares e o dia da semana. No sul do Brasil, na variante regional riograndense do idioma alemão hunsriqueano, Donnerstag é Donnerstooch.

Nome

O antigo nórdico Þórr, o inglês antigo Thunor e o alto-alemão antigo Donar são cognatos, descendentes de um germânico comum *þonaroz ou *þunraz, que significa "trovão". O nome do deus do trovão gaulês, Taranis e o deus irlandês Tuireann, também estão relacionados.

O nome de Thor deu origem do dia da semana thursday (quinta-feira). Ao empregar uma prática conhecida como Interpretatio germanica durante o período do Império Romano, os povos germânicos adotaram o calendário romano semanal e substituíram os nomes dos deuses romanos pelas suas próprias divindades. O latin dies Iovis (dia de Júpiter) foi convertido para o proto-germânico *Þonares dagaz (Thor's day ou dia de Thor), do qual deriva o inglês moderno "Thursday".

Começando na Era Viking, os nomes de pessoas que contêm o theonym (do clássico grego theos [Deus] e nym (nome], um termo para o nome de um deus) Thōrr são registrados com grande frequência. Nomes como esse podem ter florescido durante a Era Viking, como uma resposta desafiadora às tentativas de cristianização, semelhante à prática em larga escala de usar pingentes do martelo de Thor.

Thor era grande para um deus, extremamente forte (podendo comer uma vaca em uma refeição). e adorava disputas de poder e era o principal campeão dos deuses contra seus inimigos, os gigantes de gelo. Os fazendeiros, que apreciavam sua honestidade simplória e repugnância contra o mal, veneravam Thor em vez de Odin, que era mais atraente para os que eram dotados de um espírito de ataque, ou que valorizavam a sabedoria.

Thor matou a serpente Jormungand e Júpiter, o dragão Tifão. O historiador Tácito identificou Thor com Hércules, por causa de seu aspecto, força, arma e função de protetor do mundo.

Thor gostava da companhia de Loki, apesar da tendência desse trapalhão para colocar ambos em confusões. As histórias de suas aventuras estão entre as mais ricas da mitologia nórdica. No panteão nórdico, Thor era o destruidor do mal e o segundo maior expoente dos deuses Aesir. A imagem de Thor aparece em muitas inscrições rúnicas assim como seu nome ou seu martelo.

Thor era um excelente guerreiro e já havia derrotado muitos gigantes, trolls, monstros, berserker e feras, segundo o Edda em Prosa. Thor percorria o mundo numa carruagem puxada por dois bodes: Rangedor e Rosnador.

Dizem que quando Thor percorria o céu nessa carruagem as montanhas caíam, e o barulho provocado pelas rodas do veículo originavam os trovões. Thor habitava em Thrudheimr (ou Thrudvangr) no salão Bilskirnir onde ele recebia os pobres depois que haviam morrido. Esse salão possuía 540 acomodações e era considerada a maior de todas as construções.

O mensageiro de Thor era o veloz Thjalfi e sua criada era Röskva, irmã de Thjalfi. Quando Thor estava longe de seu la,r ele matava seus bodes e os comia, e depois os ressuscitava com martelo mágico. Thor é o criador da constelação conhecida pelos vikings como Dedo de Aurvandill. Era Thor o deus que mais possuía templos na Escandinávia.

No Ragnarok, a tarefa de Thor era matar a Jormungand ou Serpente Midgard (uma serpente tão grande que envolve a Terra), cria de Loki, mas ele morre na batalha.

Filhos de Thor

Thor se casou duas vezes, a primeira com a gigante Járnsaxa, que lhe deu um filho, Magni (força). Existe outro filho de nome Modi (coragem), mas sem se referir ao nome da mãe

O segundo casamento, que foi muito mais importante no mito do deus Thor, foi com Sif, a bela dama dos cabelos tão louros como o ouro. Com ela teve uma filha: Thrud

Os antigos escritores (Saxo, Adam de Bremen, Aelfric, Snorri) identificaram Thor com o deus greco-romano Júpiter porque ambos são filhos da Mãe-Terra, comandante das chuvas, dos raios e trovões, são protetores do mundo e da comunidade cujo símbolo era o carvalho, representando o tronco da família. Os animais de ambos deuses era o carneiro, o bode e a águia. Thor era sempre apresentado com seu martelo e Júpiter com seu cetro.

Thrud era famosa por sua extraordinária beleza. Foi admirada e desejada por muito homens; mortais, heróis, deuses e até mesmo gnomos, dos quais um, chamado Alvis, foi petrificado por Thor para que se afastasse de sua filha.

O nome Thrud significava, em nórdico antigo, "força e poder". Ela era considerada uma deusa regente do tempo cuja raiva trazia as nuvens escuras de chuva e as tempestades, e o bom humor deixava o céu da cor de seus olhos azuis.

Thrud também era considerada uma padroeira dos curadores, pelo fato de ter sido, ela mesmo, uma curadora, que, em seu aspecto de valquíria, aliviava o sofrimento dos feridos nos campos de batalha.

Com Sif, Thor teve outra filha, chamada Lorride, de quem quase não existem referências.

Por vezes o outro filho de Sif, Uller, é também identificado como filho de Thor, mas é apenas seu enteado.

O roubo do martelo

Certa vez, Thor perdeu seu martelo e pediu à deusa Freia para que lhe emprestasse a forma de uma ave de rapina para procurá-lo.

Thor tomou a forma de um falcão e voou para bem longe e fica sabendo que seu martelo mágico, a única arma suficientemente capaz de enfrentar os gigantes, está no poder de um deles de nome Thrym, que vive no fundo da Terra.

Thor pediu o matelo de volta, mas o gigante recusa, advertindo que o devolveria apenas se a deusa Freia aceitasse casar-se com ele, algo que a deusa toma como uma ofensa.

Orientado pelo oráculo Heimdall a disfarçar-se de Freia, concordando com o pedido de casamento e assim recuperar seu martelo, parte juntamente com Loki para Jotunheim, a Terra dos gigantes, a bordo de sua carruagem sob o espetáculo de raios e trovões.

Chegando à Jotunheim, é efusivamente recepcionado por seus anfitriões gigantes, que se espantam com a sua fome e seus olhos flamejantes sob o véu que Thor veste.

Loki, disfarçado então de serviçal, tranquiliza-os argumentando que a 'deusa' estava há várias noites sem comer e dormir devido à angústia e ansiedade do casamento. Quando logo o martelo é colocado no colo da falsa noiva, Thor se revela e mata o seu noivo gigante e todos os outros convidados ao redor, retornando triunfalmente para Asgard.

Thor e os gigantes

Dizem que certo dia, Loki e Thor foram até os limites das terras selvagens em uma carruagem puxada por dois bodes enormes: Tanngnjóstr (Rangedor) e Tanngrísnir (Rosnador)) e Chegaram a um sítio onde pediram comida e hospedagem. Nessa propriedade moravam Thjálfi e sua irmã, Röskva, com o pai, Egil, e a mãe. Röskva respondeu:

– Não temos alimento para seres como vocês. Temos vegetais, mas foi um inverno difícil, e não nos sobrou nenhuma galinha.

Thor sacou a faca e matou os dois bodes. Depois esfolou a carne e jogou a carne no grande caldeirão de guisado pendurado acima do fogo enquanto Röskva e a mãe picavam o que havia sobrado dos vegetais e os jogavam no caldeirão.

Loki chamou Thjálfi em um canto. O garoto parecia intimidado pelos olhos verdes, pelas cicatrizes nos lábios e pelo sorriso de Loki. Loki, que é o deus da trapaça, disse:

– Você sabia que o tutano dos ossos desses bodes é a melhor coisa que um jovem da sua idade pode comer? É uma vergonha que Thor sempre fique com tudo. Se quiser crescer e ficar forte como ele, coma o tutano do osso dos bodes.

Quando a comida ficou pronta, Thor pegou um bode inteiro para si, deixando a carne do outro bode para os outros cinco.

O deus pôs as peles dos bodes no chão e, enquanto comia, largava os ossos na pele do primeiro bode.

– Joguem seus ossos na outra pele – instruiu. – E não quebrem nem mastiguem nenhum deles. Comam apenas a carne.

Loki devorou sua porção num minuto. Logo limpava os lábios com as costas da mão.

Os outros comeram mais devagar. Thjálfi não conseguia parar de pensar no conselho de Loki. Então, quando Thor deixou a mesa para atender a um chamado da natureza, Thjálfi pegou a faca e a usou para quebrar um dos ossos da perna do bode e comeu um pouco do tutano. O rapaz pôs o osso quebrado na pele do bode e o cobriu com ossos inteiros, para que ninguém notasse.

Naquela noite, todos dormiram no salão.

Pela manhã, Thor cobriu os ossos com o couro. Ele pegou seu martelo, Mjölnir, e o levantou bem alto.

– Rosnador, fique inteiro! – ordenou o deus.

Após o clarão de um raio, o bode ressuscitou, baliu e começou a pastar. Thor disse:

– Rangedor, fique inteiro!

E Rangedor ficou. Avançou mancando com dificuldade na direção de Rosnador, então baliu alto, como se sentisse dor.

– Uma das pernas dele está quebrada – constatou Thor. – Tragam-me madeira e pano.

Ele fez uma tala para o bode. Quando terminou, olhou para a família. Thjálfi nunca vira nada tão assustador quanto os olhos injetados e flamejantes de Thor. O deus cerrou o punho, agarrando o cabo do martelo.

– Algum de vocês quebrou aquele osso – disse, com voz de trovão. – Eu lhes dei comida e, em troca, pedi uma única coisa. Ainda assim, fui traído.

– Fui eu – confessou Thjálfi. – Eu quebrei o osso.

Loki tentava ficar sério, mas não conseguiu evitar um sorrisinho. Não era um sorriso tranquilizador.

Thor ergueu o martelo e gritou:

– Eu deveria destruir este sítio todo. Digam: por que não devo transformar este lugar em ruínas?

Egil não respondeu. Thjálfi se levantou e disse:

– Isso não tem nada a ver com meu pai. Ele não sabia que fiz o que fiz. Castigue a mim, não a ele. Eu corro bem e aprendo rápido. Deixe meus pais em paz, e eu serei seu escravo.

Röskva se levantou e anunciou:

– Thjálfi não vai a lugar nenhum sem mim. Se decidir levar meu irmão, terá que levar nós dois.

Thor ponderou por um momento antes de responder:

– Muito bem. Por enquanto, Röskva, você vai ficar aqui e cuidar de meus bodes enquanto a perna do Rangedor não fica boa. Quando voltar, levarei vocês três. – Então se voltou para Thjálfi. – Já você vem comigo e Loki. Vamos para Utgard.

Thor, Loki e Thjálfi viajaram para o leste, na direção de Jötunheim, o lar dos gigantes, e do mar. Quanto mais avançavam, mais frio ficava. Pouco antes do pôr do sol, quando ainda havia luz suficiente para enxergar, os três procuraram abrigo para a noite. Thor e Thjálfi nada encontraram. Loki levou mais tempo na busca. E voltou com uma expressão intrigada.

– Tem uma casa estranha para aqueles lados – revelou.

– Estranha como? – perguntou Thor.

– É só um grande salão. Não tem janelas, e o portal é enorme, mas não há porta. Parece uma enorme caverna.

Era bem como Loki tinha descrito: uma enorme construção, um grande salão com outro salão comprido de um dos lados. Eles acenderam uma fogueira perto da entrada e dormiram ali por cerca de uma hora, até acordarem com um barulho.

– O que foi isso? – indagou Thjálfi.

– Um terremoto? – sugeriu Thor.

O chão tremia. Eles ouviram um rugido. Pode ter sido um vulcão, uma avalanche enorme, ou uma centena de ursos furiosos.

– Acho que não – interveio Loki. – Vamos para o salão lateral. Por precaução.

Loki e Thjálfi dormiram no salão lateral, e o barulho de rugido-avalanche continuou até o amanhecer. Thor ficou posicionado diante da porta principal a noite inteira, segurando o martelo. Ele foi ficando mais irritadiço com o passar do tempo, só pensava em explorar e atacar fosse lá o

que estivesse rugindo e sacudindo a terra. Assim que o céu começou a clarear, Thor deixou seus companheiros dormindo e adentrou a floresta em busca da origem do barulho.

Notou que eram sons diferentes que ocorriam em sequência. Primeiro, um rugido estrondoso, seguido de um zumbido, depois o que parecia um silvo mais delicado, agudo o suficiente para fazer a cabeça e os dentes de Thor doerem a cada vez que soava.

O deus chegou ao alto de uma colina e olhou para baixo. Viu o maior ser humano que jamais vira antes.

O cabelo e a barba eram mais negros que carvão, e a pele tão branca quanto um campo de neve. Os olhos do gigante estavam fechados, e ele roncava: esse era o rugido, o zumbido e o silvo que Thor ouvia. Toda vez que o gigante roncava, o chão tremia. Era o abalo de terra que tinham sentido à noite. O gigante era tão grande que,perto dele, Thor era do tamanho de uma formiga.

Thor levou a mão ao cinturão de força, Megingjord, e o apertou firme, dobrando sua força para se assegurar de que seria forte o bastante para enfrentar até mesmo o maior dos gigantes.

O gigante abriu os olhos os olhos azuis penetrantes, porém, não pareceu oferecer ameaça.

– Olá – cumprimentou Thor.

O gigante respondeu:

– Bom dia! Sou Skrymir. Significa "grandalhão". Meus colegas são sarcásticos, gostam de chamar um baixinho como eu de grande, mas o que posso fazer? Você viu minha luva? Eu tinha duas ontem à noite, mas deixei uma delas cair. – Ele ergueu as mãos: a direita estava coberta por uma grande luva de couro parecida com uma luva de forno. A outra estava nua. – Ah, achei!

O gigante esticou a mão até o outro lado do monte que Thor escalara e pegou o que obviamente era a outra luva.

– Estranho. Tem alguma coisa aqui dentro – comentou, sacudindo a luva.

Thor reconheceu o abrigo em que ficara na noite anterior, e Loki e Thjálfi caíram rolando da boca da luva e aterrissaram na neve abaixo.

Skrymir calçou a luva esquerda e olhou satisfeito para as mãos enluvadas.

– Podemos viajar juntos – sugeriu o gigante. – Se vocês quiserem.

Thor olhou para Loki, e Loki olhou para Thor, e os dois olharam para o jovem Thjálfi, que deu de ombros.

– Eu consigo acompanhar o ritmo – disse o rapaz, confiante em sua velocidade.

– Muito bem! – gritou Thor.

Eles tomaram o desjejum com o gigante, que sacava vacas e carneiros inteiros da bolsa e os devorava ruidosamente. Os três companheiros comiam menos. Depois da refeição, Skrymir disse:

– Posso carregar as provisões de vocês na minha bolsa. É menos peso para vocês, e podemos comer juntos quando acamparmos à noite.

O gigante guardou a comida dos três na bolsa, amarrou os cadarços e saiu andando para o leste.

Thor e Loki correram atrás dele no ritmo incansável dos deuses. Thjálfi corria mais rápido do que qualquer homem já correu, mas com o passar das horas até ele achou difícil acompanhar, e às vezes parecia que o gigante era só mais uma montanha ao longe, a cabeça perdida nas nuvens.

Alcançaram Skrymir ao entardecer. Ele montara acampamento sob um grande carvalho e arrumara um lugar confortável para si ali perto, repousando a cabeça em um enorme rochedo.

– Não estou com fome – anunciou. – Não se preocupem comigo. Vou dormir cedo. Suas provisões estão na minha bolsa, encostada na árvore. Boa noite.

O gigante começou a roncar. Os rugidos, zumbidos e silvos familiares abalaram as árvores, e Thjálfi escalou a bolsa de provisões do gigante. Ele chamou Thor e Loki, mais abaixo.

– Não consigo desamarrar. O nó é forte demais para mim. Poderia muito bem ser feito de ferro.

– Eu consigo dobrar ferro – retrucou Thor, então saltou até o alto da bolsa de provisões e começou a puxar as amarras.

– E então? – perguntou Loki.

Thor grunhia e puxava, puxava e grunhia. Até que deu de ombros.

– Acho que vamos ficar sem jantar esta noite – comentou. – A não ser que esse maldito gigante desamarre a bolsa para nós.

Ele olhou para o gigante. Depois olhou para Mjölnir, seu martelo. Então desceu da bolsa e foi até o topo da cabeça adormecida de Skrymir. Ergueu o martelo e golpeou a testa do gigante.

Skrymir abriu um olho, sonolento.

– Acho que uma folha caiu na minha testa e me acordou – comentou. Vocês já acabaram de comer? Estão prontos para dormir? Não posso culpá-los se estiverem. Foi um longo dia.

Ele rolou para o lado, fechou os olhos e voltou a roncar.

Loki e Thjálfi conseguiram pegar no sono apesar do barulho, mas Thor não dormiu. Estava com raiva, com fome e não confiava naquele gigante. À meia-noite, continuava com fome e não aguentava mais o ronco de Skrymir. Voltou a escalar a cabeça do gigante e se posicionou entre suas sobrancelhas.

Thor cuspiu nas mãos. Ajustou o cinturão de força. Ergueu Mjölnir acima da cabeça. E golpeou com toda a força. Tinha certeza de que o martelo afundara na testa de Skrymir.

Estava escuro demais para ver a íris dos olhos do gigante, mas as pálpebras se abriram.

– Uau – comentou o sujeito enorme. – Thor? É você? Acho que caiu uma bolota de carvalho na minha cabeça. Que horas são?

– É meia-noite – respondeu Thor.

– Bem, então nos vemos de manhã.

Roncos gigantescos voltaram a abalar o chão e fazer tremer o topo das árvores.

Amanhecia, mas ainda não era dia, quando Thor, mais faminto, mais irritado e insone, resolveu dar o golpe que silenciaria aquele ronco para sempre. Dessa vez, mirou a têmpora do gigante e acertou Skrymir com toda a sua força. Nunca deu um golpe tão poderoso. Thor o ouviu ecoar pelas montanhas. O gigante comentou:

– Acho que um ninho de passarinho caiu na minha cabeça. Gravetos... Algo assim.

O gigante bocejou e se espreguiçou. Então se levantou.

– Já descansei o bastante. É hora de ir andando. Vocês três estão indo para Utgard? Vão cuidar bem de vocês, por lá. Posso garantir que terão um grande banquete e muita cerveja, depois lutas, corridas e disputas de força. Os habitantes de Utgard sabem se divertir. Fica no leste, é só seguir naquela direção, onde o céu já está iluminado. Quanto a mim, eu vou para o norte.

O gigante abriu um sorriso, revelando dentes da frente separados. O gesto teria parecido tolo e sem sentido se seus olhos não fossem tão azuis e penetrantes.

Então se inclinou para a frente e pôs a mão ao lado da boca, como se não quisesse ser ouvido – efeito anulado por seu sussurro, alto o suficiente para ensurdecer qualquer um.

– Não consegui evitar ouvir vocês há pouco, comentando como eu era grande. Suponho que seja um elogio. Mas se os três um dia forem para o norte, vão ver gigantes de verdade, sujeitos realmente grandes. E vão descobrir como na verdade sou bem baixinho.

Skrymir deu outro sorriso e saiu andando para o norte, e o chão trovejou sob seus pés.

E eles viajaram para o leste, cruzando Jötunheim, seguindo sempre na direção do sol nascente.

A princípio, achavam que o que viam era uma fortaleza de tamanho normal a uma distância relativamente curta, então apressaram o passo. Mas a fortaleza não aumentava, nem mudava ou parecia mais próxima. Com o passar dos dias, entenderam quão grande era a construção, e como estava distante.

– Ali fica Utgard? – perguntou Thjálfi.

Loki pareceu quase sério ao dizer:

– É. Foi de lá que veio a minha família.

– Você já visitou esse lugar?

– Não.

Andaram até o portão da fortaleza sem ver ninguém. Ouviam o que parecia uma festa. O portão era mais alto do que o de muitas catedrais. Era coberto por barras de metal de um tamanho que teria mantido qualquer gigante indesejado a uma distância respeitável.

Thor gritou, mas ninguém respondeu ao chamado.

– Vamos entrar? – perguntou ele a Loki e Thjálfi.

Eles se abaixaram e passaram por baixo das barras do portão. Os viajantes cruzaram o pátio e adentraram o grande salão. Gigantes estavam sentados em bancos altos como copas de árvore. Thor entrou a passos largos. Thjálfi estava aterrorizado, mas caminhava ao lado de seu mestre, e Loki seguia atrás deles.

Viram o rei dos gigantes sentado na cadeira mais alta, no fundo do salão. Cruzaram o aposento e fizeram uma grande reverência.

O rei tinha o rosto estreito, olhar astuto e cabelo vermelho cor de

fogo. Seus olhos eram de um azul gélido. Ele encarou os viajantes e ergueu uma sobrancelha.

– Minha nossa, uma invasão de anões minúsculos. Não, estou enganado. Você deve ser o famoso Thor dos Aesir, o que significa que você deve ser Loki, filho de Laufey. Conheci sua mãe, mas não éramos amigos. Olá, parente distante. Eu sou Utgardaloki, o Loki de Utgard. E você é?

– Thjálfi – respondeu Thjálfi. – Sou escravo de Thor.

– Sejam todos bem-vindos a Utgard – disse Utgardaloki. – O melhor lugar do mundo para todos os notáveis. Qualquer um superior a todos os outros no mundo em habilidade ou astúcia é bem-vindo aqui. Algum de vocês sabe fazer algo especial? Que tal você, pequeno parente? Que habilidade tem?

– Consigo comer mais rápido que qualquer um – disse Loki, em um tom humilde.

– Que interessante. Eis aqui meu servo. O nome dele é, que ironia, Logi.

Aceitaria entrar em uma competição de comida com ele?

Loki deu de ombros, como se a disputa lhe fosse indiferente.

Utgardaloki bateu palmas, e uma enorme travessa de madeira foi trazida para o salão, contendo todo tipo de animais assados: gansos, bois, carneiros, bodes, coelhos e veados. Quando ele bateu palmas outra vez, Loki começou a comer, iniciando na extremidade mais distante e seguindo para o interior do enorme prato.

Ele comeu com determinação, comeu como um louco, comeu como se só tivesse um objetivo na vida: comer tudo o que pudesse o mais rápido possível.

Suas mãos e sua boca pareciam um borrão.

Logi e Loki se encontraram no centro da travessa.

Utgardaloki olhou do alto de seu trono.

– Bem, vocês dois comeram na mesma velocidade, nada mal! – constatou. – Mas Logi comeu os ossos. E, nossa, parece que também comeu a travessa de madeira em que os assados foram servidos. Loki comeu toda a carne, é verdade, mas mal tocou nos ossos, e nem começou com a travessa. Então a rodada vai para Logi.

Utgardaloki olhou para Thjálfi.

– Você, garoto, o que sabe fazer?

Thjálfi deu de ombros. Era a pessoa mais rápida de que já tinha ouvido falar. Podia ser mais rápido que coelhos assustados, mais rápido que um pássaro voando. Então disse apenas:

– Eu corro.

– Então correr é o que você fará.

Todos foram para o lado de fora da fortaleza, onde encontraram, em uma área plana de solo, uma pista perfeita para corrida. Vários gigantes estavam parados ao lado da pista, esfregando as mãos e soprando-as para aquecê-las.

– Você é apenas um garoto, Thjálfi – disse Utgardaloki. – Então não vou fazer com que corra contra um homem adulto. Onde está o pequeno Hugi?

Uma criança gigante se adiantou, tão magra que podia nem mesmo estar ali, e não muito maior que Loki ou Thor. A criança olhou para Utgardaloki e nada disse, mas sorriu. Thjálfi não sabia ao certo se o garoto estava ali antes de ser chamado, mas estava ali naquele momento.

Hugi e Thjálfi esperaram lado a lado na linha de partida.

– Já! – gritou Utgardaloki, em uma voz que retumbou como um trovão, e os garotos começaram a correr.

Thjálfi correu como nunca, mas viu Hugi tomar a dianteira e chegar à linha de chegada quando mal estava a meio caminho.

– A vitória é de Hugi – anunciou Utgardaloki. Então se agachou ao lado de Thjálfi. – Você vai ter que correr mais rápido se quiser derrotar Hugi. Mas, mesmo assim, nunca vi um humano correr tão bem. Corra mais rápido, Thjálfi.

O rapaz foi outra vez para o lado de Hugi na linha de partida. Thjálfi estava ofegante, o coração pulsando nos ouvidos. Sabia que correra muito rápido, mas ainda assim Hugi fora o vencedor – e o pequeno gigante não parecia nada cansado. Nem sequer respirava com dificuldade. Hugi olhou para Thjálfi e sorriu outra vez. Algo nele o lembrou Utgardaloki, e o rapaz se perguntou se a criança gigante era filho do rei dos gigantes.

– Já!

Eles correram. Thjálfi correu como nunca tinha corrido na vida, as pernas movendo-se tão rápido que era como se apenas ele e Hugi existissem no mundo. Mas Hugi manteve a dianteira por todo o percurso. A criança gigante cruzou a linha de chegada quando Thjálfi estava a cinco, talvez dez segundos de distância.

Thjálfi sabia que estivera muito perto de vencer daquela vez, e sabia que, se desse tudo de si na próxima, podia ganhar.

– Vamos correr outra vez – pediu, arfando.

– Muito bem – concordou Utgardaloki. – Pode correr outra vez. Você é rápido, meu rapaz, mas acredito que seja impossível vencer. Mesmo assim vamos deixar que a corrida final decida o resultado.

Hugi foi até a linha de partida. Thjálfi parou a seu lado. Não conseguia nem ouvir a respiração do gigante.

– Boa sorte – disse Thjálfi.

– Desta vez você vai me ver correr mesmo – anunciou Hugi, com uma voz que parecia soar na mente de Thjálfi.

– Já! – gritou Utgardaloki.

Thjálfi correu como um falcão-peregrino mergulha para capturar a caça, correu como o vento de uma tempestade, correu como Thjálfi, e ninguém nunca correu como Thjálfi, nem antes, nem depois.

Mas Hugi tomou a dianteira sem dificuldade, movendo-se mais rápido que nunca. Antes que Thjálfi chegasse à metade da pista, Hugi cruzara a linha de chegada e começara a fazer o caminho de volta.

– Chega! – exclamou Utgardaloki.

Eles voltaram para o grande salão. O clima entre os gigantes estava mais relaxado, mais jovial. O rei dos gigantes se pronunciou:

– Ah, bem, o fracasso desses dois talvez seja compreensível. Mas agora... Ah, agora veremos algo que nos deixará impressionados. Agora é a vez de Thor, o deus do trovão, o mais poderoso dos heróis. Thor, cujas façanhas são cantadas pelos nove mundos. Deuses e mortais contam histórias sobre seus feitos. Vai nos mostrar o que pode fazer?

Thor o encarou.

– Posso beber. Não existe bebida que eu não consiga tomar até o fim.

Utgardaloki falou:

– Traga meu chifre especial.

Trouxeram um chifre enorme, o mais comprido que qualquer chifre que Thor já vira, mas ele não se preocupou. Afinal, era Thor, e não havia chifre de bebida que ele não fosse capaz de esvaziar. Runas e padrões haviam sido gravados na lateral do chifre, e o bocal era feito de prata.

– É o chifre de beber deste castelo – explicou Utgardaloki. – Todos daqui já o esvaziaram, cada um a seu tempo. Os mais fortes e poderosos de nós o bebem de uma só vez. Alguns, admito, precisam de duas visitas ao bocal. Tenho orgulho de anunciar que não há ninguém neste salão tão fraco e decepcionante que tenha precisado de três.

Era um chifre comprido, mas Thor era Thor, então levou o chifre cheio à boca e começou a beber. A cerveja dos gigantes era fria e salgada, mas ele bebeu, drenando o chifre, engolindo até perder o fôlego.

Esperava ver o chifre vazio, mas continuava tão cheio, ou quase tão cheio, quanto quando ele começara.

– Fui levado a crer que você era melhor nisso – comentou Utgardaloki, em um tom seco. – Ainda assim, sei que pode terminá-lo em um segundo gole, como todos aqui.

Thor respirou fundo e levou os lábios ao chifre, então bebeu profundamente, e bebeu bem. Sabia que devia ter esvaziado o chifre daquela vez, mas, ainda assim, quando tirou o chifre dos lábios, o nível do líquido só diminuíra um dedo.

Os gigantes olharam para Thor e começaram a zombar, mas o deus do trovão os encarou, então eles fizeram silêncio.

– Ah, então os feitos do poderoso Thor são apenas histórias – comentou Utgardaloki. – Bem, mesmo assim, vamos permitir que você termine o chifre na terceira tentativa. Não deve restar muito aí dentro, afinal.

Thor levou o chifre aos lábios e bebeu, bebeu como um deus bebe, bebeu por tanto tempo e tão profundamente que Loki e Thjálfi ficaram só olhando, impressionados.

Mas, quando baixou o chifre, a cerveja tinha descido só mais um dedo.

– Para mim, chega! – anunciou Thor. – Não estou convencido de que isso seja apenas um pouquinho de cerveja.

Utgardaloki fez com que o portador dos copos levasse o chifre embora.

– É hora de um teste de força. Você consegue levantar um gato? – perguntou o rei dos gigantes.

– Que pergunta é essa? É claro que consigo levantar um gato – retrucou Thor.

– Bem, todos vimos que você não é tão forte quanto pensávamos. Os jovens de Utgard testam sua força erguendo minha gata. Mas preciso alertá-lo: você é menor que qualquer um de nós aqui, e minha gata é uma gata gigante, então será compreensível se você não conseguir.

– Vou levantar seu gato.

– Ela deve estar dormindo junto ao fogo – disse Utgardaloki. – Vamos lá.

A gata era cinza e do tamanho de um homem, mas Thor era mais poderoso que qualquer homem, e envolveu a barriga do animal com as mãos e tentou levantá-lo, decidido a erguê-lo bem acima da cabeça. A gata não pareceu impressionada: arqueou as costas, se esticando, e forçou Thor a se esticar ao máximo.

Thor não seria derrotado naquela simples brincadeira de levantar um gato. Ele empurrou e fez força, e, depois de algum tempo, uma das patas do gato foi erguida do chão.

Thor, Thjálfi e Loki ouviram um ruído ao longe, como de rochas enormes colidindo: o trovejar de dor de montanhas enormes.

– Basta – disse Utgardaloki. – Não é culpa sua não conseguir levantar meu gato, Thor. É um gato grande, e você é, na melhor das hipóteses, um anãozinho em comparação a qualquer um de nossos gigantes.

O rei sorriu.

– Anãozinho? – repetiu Thor. – Ora, posso lutar contra qualquer um de vocês...

– E eu seria um péssimo anfitrião se deixasse você lutar contra um gigante de verdade. Você pode se machucar. E acredito que nenhum de meus homens lutaria contra alguém que não consegue esvaziar meu chifre de beber, que não conseguiu nem erguer minha gata! Mas vou lhe dizer o que podemos fazer. Se quer lutar, vou deixar que lute contra minha velha mãe de criação.

– Sua mãe de criação?

Thor estava incrédulo.

– Ela é velhinha, mas foi quem me ensinou a lutar, muito tempo atrás, e duvido que tenha esquecido como se faz. Ela está encolhida pela idade, então a altura é próxima da sua. E está acostumada a brincar com crianças. O nome dela é Elli, e já a vi derrotar homens que pareciam mais fortes que você. Não fique confiante demais, Thor.

– Eu preferia lutar contra um de seus homens. Mas vou lutar com a velhinha.

A velhinha era tão frágil, tão pálida, tão encarquilhada e enrugada que parecia prestes a ser levada pela brisa. Era uma gigante, é verdade, mas era só um pouco mais alta que Thor. Tinha cabelo fino e ralo na cabeça envelhecida. Thor se perguntou quantos anos aquela mulher teria. Parecia mais velha que qualquer um que ele já tivesse encontrado. Não queria machucá-la.

Os dois se posicionaram. O primeiro a derrubar o outro ganharia. Thor empurrou a velha e a puxou, tentou movê-la, derrubá-la, forçá-la para baixo, mas era como se a velha fosse feita de rocha. Ela o encarava o tempo inteiro com seus olhos velhos sem cor, sem nada dizer.

Então a velha estendeu a mão e tocou Thor com delicadeza na perna. O deus sentiu a perna perder a firmeza no lugar onde ela o tocara e a empurrou para se afastar, mas a velha o envolveu com os braços e o forçou para o chão. Thor resistiu com toda a força que tinha, mas logo se viu forçado a dobrar um joelho... Utgardaloki gritou:

– Pare! Já vimos o suficiente, poderoso Thor. Você não consegue nem derrotar minha velha mãe de criação. Acho que nenhum de meus homens vai querer lutar contra você.

Thor olhou para Loki, e os dois olharam para Thjálfi. Estavam sentados ao lado de uma grande fogueira, e os gigantes os receberam com hospitalidade – a comida era boa, e o vinho era menos salgado que a cerveja do gigantesco chifre de beber – , mas falavam menos do que o habitual para uma festa.

Os três estavam quietos e se sentiam desconfortáveis e humilhados pela derrota.

Deixaram a fortaleza de Utgard ao amanhecer, e o próprio rei dos gigantes caminhou a seu lado quando partiram.

– E então? Gostaram da estadia em meu lar?

Os três o encararam com tristeza.

– Não muito – respondeu Thor. – Sempre me orgulhei de ser poderoso, mas agora me sinto um nada, um ninguém.

– Achei que eu corria rápido... – comentou Thjálfi.

– E eu nunca fui derrotado em uma competição de comida – completou Loki. Eles passaram pelos portões que marcavam o fim da fortaleza de Utgardaloki.

– Sabem – começou o gigante – , não é que vocês sejam ninguém. E nem que sejam nada. Honestamente, se na noite passada eu soubesse o que sei hoje, nunca os teria convidado para meu lar. E vou tomar o cuidado de me assegurar que vocês nunca mais sejam convidados. Sabem, eu enganei vocês, todos vocês, com ilusões.

Os viajantes encararam o gigante, que abriu um sorriso para eles.

– Vocês se lembram de Skrymir?

– O gigante? É claro.

– Era eu. Usei uma ilusão para me tornar grande daquele jeito e mudar minha aparência. Os cadarços da bolsa de provisões eram atados com arame de ferro inquebrável e só podiam ser desamarrados com magia. Quando você me acertou com o martelo, Thor... Bem, enquanto eu fingia dormir, sabia que até o mais leve de seus golpes seria minha morte, então usei magia para pegar uma montanha e colocá-la invisível entre o martelo e minha cabeça. Olhe lá.

Ao longe, viram uma montanha com vales fundos ao longo da superfície. Três vales quadrados, o último mais fundo que todos.

– Aquela foi a montanha que usei – explicou Utgardaloki. – Aqueles vales são seus golpes.

Thor não respondeu, mas seus lábios se comprimiram, as narinas se dilataram, e a barba ruiva coçou.

– Quero saber sobre ontem à noite, no castelo – pediu Loki. – Aquilo também foi ilusão?

– Claro que foi. Já viram um incêndio na mata avançando vale abaixo, queimando tudo em seu caminho? Você acha que come rápido, Loki, mas nunca comerá tão rápido quanto Logi, pois Logi é a encarnação do fogo, e devorou a comida e a travessa com suas chamas. Nunca vi ninguém que comesse tão rápido quanto você.

Os olhos verdes de Loki brilharam de raiva e admiração. Utgardaloki virou-se para Thjálfi.

– Quão rápido você consegue pensar, garoto? Consegue pensar mais rápido do que é capaz de correr?

– Claro. Consigo pensar mais rápido do que qualquer coisa.

– E foi por isso que eu o fiz correr contra Hugi, que é o pensamento. Não importa a velocidade com que você corra, e nunca nenhum de nós viu alguém correr como você, Thjálfi, mas é impossível ser mais rápido que o pensamento.

Thjálfi não respondeu. Queria dizer alguma coisa, protestar ou fazer mais perguntas, mas Thor se pronunciou, em um ribombar baixo como um trovão ecoando em uma montanha distante.

– E eu? O que eu realmente fiz noite passada?

Utgardaloki não estava mais sorrindo.

– Um milagre. Você fez o impossível. Você não percebeu, mas a ponta do chifre estava na parte mais funda do oceano. Você bebeu o suficiente para reduzir o nível do mar, para provocar marés. Por sua causa, Thor, a água do mar vai subir e baixar para sempre. Fiquei aliviado quando você não tentou tomar um quarto gole: poderia ter secado o oceano.

– O gato que tentou erguer não era um gato. Era Jörmungund, a serpente de Midgard, a cobra que envolve o centro do mundo. É impossível levantar a serpente de Midgard, mas ainda assim você o fez, a ponto de afrouxar uma de suas voltas quando ergueu a pata do chão. Lembram-se do ruído que ouvimos? Aquele foi o som da terra se movendo.

– E a velha? – perguntou Thor. – Sua velha ama? O que ela era? – Sua voz estava bem tranquila, mas ele segurava o cabo do martelo.

– Aquela era Elli, a velhice. Ninguém pode vencer a velhice, porque, no fim, ela derrota todos nós, deixa-nos cada vez mais fracos até fechar nossos olhos para sempre. Todos nós, menos você, Thor. Você lutou contra a velhice, e todos ficamos maravilhados por você ter permanecido de pé. Mesmo quando ela estava com a vantagem, você apenas dobrou um joelho. Nunca vimos nada como o que aconteceu ontem à noite, Thor. Nunca.

– E, agora que vimos seu poder, sabemos como fomos tolos em deixar que chegassem a Utgard. Planejo defender minha fortaleza no futuro, e o melhor modo de defendê-la é me assegurar de que nenhum de vocês jamais encontre Utgard, ou a veja, outra vez. Quero ter certeza de que, aconteça o que acontecer nos dias vindouros, nenhum de vocês jamais retornará.

Thor ergueu o martelo bem acima da cabeça, mas, antes que pudesse dar o golpe, Utgardaloki desapareceu.

– Vejam! – disse Thjálfi.

A fortaleza tinha sumido. Não havia traço do baluarte de Utgard nem do local onde ele ficava. Os três viajantes estavam parados em uma planície de gelo desolada, sem nenhum sinal de qualquer tipo de vida.

– Vamos para casa – disse Loki. E completou: – Foi tudo muito bem-

feito. Ilusões brilhantemente aplicadas. Acho que todos nós aprendemos uma lição hoje.

– Vou contar à minha irmã que corri contra o pensamento – comentou Thjálfi. – E vou contar a Röskva que corri bem.

Mas Thor não respondeu. Estava pensando na noite anterior, em como lutara contra a velhice e bebera o mar. Estava pensando na serpente de Midgard.

THOR E A SERPENTE

Aegir era o mais poderoso dos gigantes do mar. Sua esposa era Ran, que recolhe os que se afogam em sua rede. Suas nove filhas são as ondas do mar. Certo dia, Thor apareceu na casa de Aegir e ordenou:

– Preparem um banquete para nós!

Aegir respondeu:

– Vou fazer o melhor banquete já servido a qualquer deus. Terá tanta comida quanto suas barrigas aguentarem e tanta cerveja quanto puderem beber. Só que devem me trazer um caldeirão grande o bastante para fermentar cerveja para todos. Vocês são muitos, e têm muito apetite.

Aegir sabia muito bem que os deuses não tinham um caldeirão assim. Ele pensou que sem o caldeirão, não precisaria oferecer o banquete.

Tyr, deus das batalhas e da guerra, que tinha só uma mão, coçou com ela o queixo e disse para Thor:

– Na beira do mar do mundo vive o rei dos gigantes, Hymir. Ele tem um caldeirão com cinco quilômetros de profundidade. É o maior que já existiu.

– Tem certeza? – perguntou Thor.

– Hymir é meu padrasto. É casado com minha mãe. Ela é uma gigante. E eu já vi o grande caldeirão com meus próprios olhos. E, como filho de minha mãe, serei bem recebido no salão de Hymir.

Tyr e Thor seguiram para a fortaleza de Humir, montados na charrete de Thor, puxada pelas cabras Rosnador e Rangedor.Thor amarrou as cabras a uma árvore, e os dois entraram.

Uma gigante trabalhava na cozinha, picando cebolas grandes como rochedos e repolhos do tamanho de barcos. A cozinheira tinha novecentas cabeças, cada uma mais feia e mais aterrorizante que a outra. Ele deu um passo para trás. Tyr gritou:

– Olá, vovó! Viemos ver se podemos pegar o caldeirão de Hymir emprestado para fermentar nossa cerveja.

– Mas que pequenininhos! Achei que fossem camundongos – comentou a avó de Tyr. Quando ela falou, soou como uma multidão gritando. – Não é para mim que você deve pedir, meu neto. É melhor conversar com sua mãe.

Então a gigante gritou:

– Temos convidados! Seu filho trouxe um amigo.

Logo outra gigante entrou na cozinha. Era a esposa de Hymir, mãe de Tyr. Estava vestida em dourado, e era tão bela quanto a sogra era assustadora. Carregava dois dos menores dedais de gigantes cheios de cerveja. Thor e Tyr pegaram os dedais, que eram do tamanho de baldes, e beberam com vontade.

Era uma cerveja excelente.

A gigante quis saber o nome de Thor. O deus estava prestes a responder, mas, antes que pudesse falar, Tyr interveio:

– O nome dele é Veor, mãe. Ele é meu amigo. É um inimigo dos inimigos de Hymir e dos gigantes.

Soaram estrondos distantes, como trovões nos cumes, avalanches ou ondas enormes quebrando na costa, e a terra tremia a cada estrondo.

– Meu marido está vindo para casa – anunciou a gigante. – Ouço seus passos ao longe.

Os estrondos se tornaram mais nítidos e pareciam estar se aproximando rápido.

– Ele fica um pouco mal-humorado quando chega em casa, muito bravo e cheio de pensamentos sombrios. Trata mal os convidados – alertou-os a gigante. – Por que não se escondem embaixo daquele tacho e ficam ali até ele recuperar o bom-humor o suficiente para que vocês dois saiam?

A gigante os escondeu sob um tacho no chão da cozinha. Estava escuro ali.

O chão tremeu, uma porta bateu, e Thor e Tyr perceberam que era um sinal de que Hymir devia estar em casa. Ouviram a gigante contar ao marido que tinham convidados, seu filho e um amigo, e que Hymir devia se comportar como um bom anfitrião e não matá-los.

– Por quê? – A voz do gigante era alta e petulante.

– O pequeno é nosso filho, Tyr. Você se lembra dele. O nome do maior é Veor. Seja simpático com ele.

– Thor? Thor, nosso inimigo? Thor, que matou mais gigantes que qualquer um, incluindo outros gigantes? Thor, que eu jurei matar se o encontrasse? Thor, o...

– Veor – corrigiu a esposa, acalmando-o. – Não Thor. Veor. É amigo de nosso filho e inimigo de seus inimigos, por isso você precisa ser simpático.

– Estou com a mente sombria e o espírito colérico e não quero ser simpático com ninguém – retrucou a voz ribombante do gigante. – Onde eles estão escondidos?

– Ah, logo atrás daquela viga – disse a esposa.

Thor e Tyr ouviram um estrondo quando a viga para a qual a gigante apontara foi quebrada e destruída. O que foi seguido de uma série de estrondos enquanto, um depois do outro, todos os tachos na cozinha eram derrubados do teto e destruídos.

– Já terminou de quebrar as coisas? – perguntou a mãe de Tyr.

– Acho que sim – respondeu a voz de Hymir, relutante.

– Então olhe embaixo daquele tacho – mandou a gigante. – O que está no chão, o que você ainda não destruiu.

O tacho sob o qual Tyr e Thor estavam escondidos foi erguido, e os dois encararam um rosto enorme, os traços contorcidos em uma expressão irritada e ameaçadora. Thor sabia que aquele era Hymir, o rei dos gigantes. Sua barba era como uma floresta de árvores cobertas de neve em pleno inverno; as sobrancelhas, um campo de espinhos; o hálito fedorento e asqueroso, uma pilha de lixo amontoada em um pântano.

– Olá, Tyr – cumprimentou Hymir, sem empolgação.

– Olá, pai – respondeu Tyr com ainda maior desprazer, se é que era possível.

– Vocês vão se juntar a nós como convidados no jantar desta noite – anunciou Hymir, batendo palmas.

A porta do salão se abriu, e um boi gigante foi levado lá para dentro, a pelagem reluzente, os olhos brilhantes, os chifres afiados. Foi seguido por outro, ainda mais bonito, e depois o último, ainda mais belo que os dois primeiros.

– Esses são os melhores bois que existem. Muito maiores e mais gordos que os animais de Midgard ou de Asgard. Eu tenho muito orgulho do meu rebanho – confidenciou Hymir. – É o meu tesouro e o deleite de meus olhos. Trato meus animais como se fossem meus próprios filhos.

Por um instante, a carranca do gigante pareceu se suavizar.

A avó de novecentas cabeças matou os três bois, retirou suas peles e os jogou em sua enorme panela. A panela ferveu e borbulhou acima de um fogo que chiava e crepitava, e a velha ia mexendo seu conteúdo com uma colher grande como um carvalho. Não demorou muito para a comida ficar pronta.

– Vocês são convidados aqui. Não façam cerimônia. Peguem quanto quiserem comer da panela – disse Hymir, sem reservas.

Os estranhos eram pequenos, afinal. Quanto poderiam comer? E os bois eram enormes.

Thor respondeu que, já que o dono da casa insistia, era o que ia fazer, então devorou dois dos bois sozinho, um depois do outro, sem deixar nada além de ossos limpos. Por fim, arrotou, satisfeito.

– Isso é muita comida, Veor – comentou Hymir. – Isso iria nos alimentar por vários dias. Acho que nunca vi nem um gigante comer dois de meus bois de uma vez.

– Eu estava com fome – respondeu Thor. – E fiquei um pouco empolgado. Que tal irmos pescar amanhã? Ouvi dizer que você é um grande pescador.

Hymir tinha orgulho de suas habilidades de pesca.

– Sou um pescador excelente. Podemos pegar o jantar de amanhã.

– Eu também sou um bom pescador – disse Thor.

Na verdade, ele nunca tinha pescado, mas não podia ser muito difícil.

– Então vamos nos encontrar amanhã ao amanhecer, no cais – disse Hymir.

Naquela noite, no quarto enorme, Tyr disse a Thor:

– Espero que você saiba o que está fazendo.

– Claro que sei – retrucou Thor.

Mas não sabia. Estava só fazendo o que lhe dava vontade. Isso era o que Thor fazia melhor.

Sob a luz cinzenta que precedia a aurora, Thor encontrou Hymir no cais.

– Devo alertá-lo, pequeno Veor, que vamos bem longe pelas águas congelantes adentro – alertou o gigante, com um sorriso de escárnio. – Eu remo para lugares muito frios e fico mais tempo do que uma coisinha como você conseguiria sobreviver. Pingentes de gelo se formarão em sua barba e seu cabelo, e você vai ficar azul de frio. Talvez até morra.

– Isso não me preocupa – retrucou Thor. – Gosto do frio. É estimulante. O que usaremos de isca?

– Eu já tenho minha própria isca – respondeu Hymir. – Você precisa encontrar a sua. Pode procurar no pasto dos bois. Há belos vermes gordos no esterco. Pode pegar o que quiser de lá.

Thor olhou para Hymir. Pensou em acertar o gigante com seu martelo, mas aí nunca conseguiria o caldeirão – não sem lutar. Então caminhou de volta pela costa.

O rebanho de belos bois de Hymir estava na campina. Havia pilhas gigantes de estrume no chão, com vermes enormes se remexendo e chafurdando, mas Thor evitou todos. Em vez disso, caminhou até o animal mais majestoso e mais gordo, ergueu o punho e golpeou-o entre os olhos, matando-o instantaneamente.

Thor arrancou a cabeça do boi e guardou-a em um saco, que levou para o mar.

Hymir estava no barco. Já partira e estava remando para longe da baía. Thor saltou na água fria e foi nadando, arrastando a bolsa atrás de si. Segurou a traseira do barco com dedos dormentes e subiu a bordo, pingando água do mar, o gelo criando uma crosta em sua barba ruiva.

– Ah... Que divertido! Nada como nadar um pouco para acordar em uma manhã fria. – disse Thor.

Hymir não respondeu. Thor pegou o outro par de remos, e os dois começaram a remar. Logo a terra desaparecera, e estavam sozinhos nas águas do mar do norte. O oceano era cinza, as ondas eram altas e revoltas e o vento e as gaivotas gritavam.

Hymir parou de remar.

– Vamos pescar aqui – anunciou.

– Aqui? – perguntou Thor. – Mas mal saímos para o mar. – E pegou os remos e começou a remar sozinho para águas mais profundas.

O barco disparava pelas ondas.

– Pare! – rugiu Hymir. – Essas águas são perigosas. É aqui que

Jörmungund, a serpente de Midgard, vive. Thor parou de remar. Hymir pegou dois peixes grandes no fundo do barco. Ele os estripou com sua faca de pesca muito, muito afiada, jogou as tripas ao mar e espetou os peixes nos anzóis.

Por fim, o gigante jogou a linha de pesca com as iscas. Esperou até sentir um puxão e ver a linha se esticar em sua mão, e então a puxou de volta. Duas baleias monstruosas estavam penduradas, as maiores baleias que Thor já vira.

Hymir sorriu de orgulho.

– Nada mal – comentou Thor.

Ele sacou a cabeça do boi de seu saco. Quando Hymir viu os olhos mortos de seu boi favorito, seu rosto congelou.

– Peguei a isca – explicou Thor, prestativo. – Lá do pasto de bois. Como você disse.

Expressões de choque, horror e raiva se alternaram no rosto enorme de Hymir, mas ele não se pronunciou.

O deus do trovão pegou a linha de pesca do gigante, enfiou a cabeça do boi no anzol e o jogou no oceano. Sentiu a isca descer até o fundo.

Então esperou.

– Ah, pescar – comentou com Hymir. – Suponho que a ideia seja ensinar a ter paciência. É meio chato, não é? Fico imaginando o que vou conseguir pegar para o nosso jantar.

Foi quando um turbilhão assolou o mar. Jörmungund, a serpente de Midgard, mordera a enorme cabeça de boi, e o anzol se cravara bem fundo no céu de sua boca. A serpente se debatia na água, tentando se libertar.

Thor segurava a linha.

– Ela vai nos levar para o fundo! Solte a linha!—gritou Hymir.

Thor balançou a cabeça. Ele se retesou contra a linha de pesca, determinado a segurá-la.

O deus do trovão enfiou o pé através do casco do barco e usou o fundo do mar para se firmar, então começou a puxar Jörmungund para bordo.

A serpente cuspiu jatos de veneno negro na direção deles. Thor se abaixou, desviando do veneno, e continuou a puxar.

– É a serpente de Midgard, seu tolo! – gritou Hymir. – Solte a linha! Nós vamos morrer!

Thor não respondeu, só puxou a linha com mais força, um palmo de cada vez, os olhos fixos em seu inimigo:

– Eu vou matá-la! Ou você vai me matar!

Ele disse aquilo em voz baixa, mas podia jurar que a serpente de Midgard o ouvira.

Jörmungund fixou os olhos em Thor, e o jato seguinte de veneno passou tão perto que ele sentiu seu gosto no ar do oceano. O veneno borrifou em seu ombro, e queimou a pele.

Thor apenas riu e puxou com mais força.

Em algum lugar ao longe, pareceu a Thor que Hymir falava coisas ininteligíveis, resmungando e gritando sobre a serpente monstruosa, sobre o mar estar entrando em seu barco a remo pelos furos no casco e sobre como os dois iam morrer ali, no oceano muito, muito frio, tão longe da terra firme. Thor não ligava para nada disso. Estava em uma batalha contra a serpente, brincando com ela, deixando que ela se exaurisse ao se debater e lutar.

Thor começou a puxar a linha de pesca de volta para o barco.

A cabeça da serpente estava quase a distância de um golpe. Thor baixou a mão, sem mover os olhos, e seus dedos se fecharam em torno do cabo do martelo. Ele sabia exatamente onde teria que acertar o golpe para matar a serpente.

Mais um puxão na linha e...

A faca de pesca de Hymir brilhou, e a linha foi cortada. Jörmungund, a serpente, se empinou, bem acima do barco, e caiu de volta no oceano.

O deus do trovão atirou seu martelo na direção dela, mas o monstro já mergulhara, desaparecendo em meio às águas frias e cinzentas. O martelo retornou para a mão de Thor. Então ele voltou sua atenção para o barco de pesca que estava afundando. Desesperado, Hymir retirava água do fundo.

Enquanto o gigante tirava água, Thor remou de volta para a costa. As duas baleias que Hymir tinha apanhado mais cedo, na proa do barco, tornavam a remada ainda mais difícil que de costume.

– Ali está a costa – anunciou Hymir, ofegante. – Mas minha casa ainda fica a muitos quilômetros de distância.

– Podemos ir para terra aqui – disse Thor.

– Só se você quiser carregar o barco, eu e as baleias por todo o caminho até meu salão – respondeu Hymir, exausto.

– Hum... Está bem.

Thor saltou pela lateral do barco de pesca. Alguns momentos depois, Hymir sentiu o barco se erguer no ar. Thor os carregava nas costas: barco, remos, Hymir e as baleias, conduzindo-os pela praia de cascalho.

Quando chegaram ao salão do gigante, Thor botou o barco no chão.

– Pronto – anunciou o deus. – Eu trouxe você para casa, como me pediu. Agora preciso de um favor em troca.

– O que é? – perguntou o gigante.

– Seu caldeirão. Aquele grande, que você usa para fermentar cerveja. Preciso dele emprestado.

– Você é um pescador excelente. Mas está pedindo o melhor caldeirão de cerveja que existe. A cerveja que fermenta nele por mágica é a melhor dos nove mundos. Só vou emprestá-lo para alguém que consiga quebrar a caneca da qual eu bebo.

– Não parece muito difícil – retrucou Thor.

Eles comeram carne de baleia assada no jantar daquela noite, no salão cheio com vários gigantes de muitas cabeças, todos gritando e felizes, a maioria bêbada. Depois que comeram, Hymir bebeu o que restava de cerveja em sua caneca e pediu silêncio. Então entregou a caneca a Thor.

– Quebre-a – mandou. – Quebre esta caneca, e lhe darei o caldeirão em que faço minha cerveja de presente. Se falhar, vai morrer.

Thor assentiu.

Os gigantes pararam com as piadas e canções. Ficaram observando o deus, hesitantes. A fortaleza de Hymir era feita de pedra. Thor pegou a caneca, pesou-a nas mãos e jogou-a com toda a força em um dos pilares de granito que sustentavam o telhado do salão de banquetes. Ouviu-se um estrondo de romper os tímpanos, e o ar se encheu de poeira.

Quando a poeira baixou, Hymir se levantou e foi até o que restava da coluna de granito. A caneca atravessara um pilar, depois outro, quebrando-os em lascas de pedra. No entulho do terceiro pilar estava a caneca, um pouco empoeirada, mas intacta.

Hymir ergueu a caneca acima da cabeça, e os gigantes vibraram, riram e fizeram caretas para Thor com todas as suas cabeças, além de gestos grosseiros.

O rei gigante sentou-se à mesa mais uma vez.

– Viu? Eu não achei que você fosse forte o suficiente para quebrar minha caneca. – O gigante ergueu a caneca, e a esposa serviu cerveja para ele.

Hymir bebeu. A melhor cerveja que você vai provar em toda a vida. Aqui, esposa, sirva mais para seu filho e o amigo dele, Veor. Que eles provem da melhor cerveja que há e se entristeçam porque não vão levar meu caldeirão para casa, e porque nunca mais vão provar cerveja tão boa. Além disso, é triste que eu tenha de matar Veor agora, pois minha caneca continua intacta.

Thor sentou-se à mesa ao lado de Tyr, pegou um pedaço de carne de baleia tostada e mastigou, ressentido. Os gigantes eram barulhentos e estridentes e agora o ignoravam.

A mãe de Tyr se debruçou para encher a caneca de Thor de cerveja.

– Sabe – murmurou ela —, meu marido tem uma cabeça muito dura. Ele é teimoso e tem o cocuruto bem grosso.

– Dizem o mesmo de mim – disse Thor.

– Não – retrucou ela, como se falasse com uma criancinha. – Ele tem uma cabeça muito dura. Dura o bastante para quebrar até a caneca mais resistente.

Thor bebeu toda a cerveja. Era mesmo a melhor cerveja que já tinha provado.

Ele se levantou e foi até Hymir.

– Posso tentar outra vez?

Todos os gigantes no salão riram, e nenhum deles riu mais alto que Hymir.

– Claro que sim.

Thor pegou a caneca. Virou-se de frente para a parede de pedra, pesou a caneca uma, duas vezes, então deu meia-volta bem depressa e espatifou a caneca na testa de Hymir.

Os fragmentos da caneca caíram um a um no colo do gigante.

Fez-se silêncio no salão, então o silêncio foi quebrado por um ruído estranho e soluçante. Thor olhou em volta, tentando descobrir o que era o barulho, e quando voltou os olhos para a frente viu os ombros de Hymir se sacudindo. O gigante estava chorando, com enormes soluços ofegantes:

– Meu maior tesouro não é mais. Eu sempre podia mandar o caldeirão fazer minha cerveja, e ele fermentava magicamente a melhor cerveja dos nove mundos. Nunca mais poderei dizer: faça minha cerveja, meu caldeirão.

Thor não respondeu.

Hymir encarou Tyr com amargor e disse:

– Se o quer, meu enteado, pode levá-lo. É grande e pesado. Precisa de doze gigantes para erguê-lo. Acha que é forte o suficiente?

Tyr foi até o caldeirão. Tentou levantá-lo uma, duas vezes, mas era pesado demais até para ele. Então olhou para Thor, que deu de ombros, agarrou o caldeirão pelas laterais e o virou de cabeça para baixo, fazendo as alças caírem ruidosamente a seus pés.

Então o caldeirão começou a se mover, com Thor dentro. Foi seguindo na direção da saída, enquanto os gigantes de muitas cabeças em todo o salão encaravam, boquiabertos.

Hymir não chorava mais. Tyr encarou o padrasto.

– Obrigado pelo caldeirão.

E então, tomando o cuidado de manter o caldeirão ambulante entre ele e Hymir, Tyr saiu cautelosamente do salão.

Thor e Tyr deixaram o castelo juntos, soltaram as cabras e subiram na carruagem. Thor ainda carregava o caldeirão nas costas. As cabras correram o máximo possível, mas, embora Rosnador corresse bem e rápido, mesmo puxando o caldeirão gigante, Rangedor mancava e cambaleava. Sua perna tinha sido quebrada para que lhe comessem o tutano, e Thor a consertara, mas a cabra nunca mais fora forte como antes.

Rangedor balia de dor enquanto corria.

– Não podemos ir mais rápido? – perguntou Tyr.

– Podemos tentar – respondeu Thor, e chicoteou as cabras para que corressem ainda mais rápido.

Tyr olhou para trás.

– Eles estão vindo – anunciou. – Os gigantes estão vindo.

E estavam mesmo, com Hymir atrás, incitando-os: todos os gigantes daquela parte do mundo, um bando monstruoso de muitas cabeças, os gigantes das vastidões desoladas, deformados e mortais. Um exército de gigantes, todos querendo recuperar o caldeirão.

– Mais rápido! – pediu Tyr.

Foi então que Rangedor tropeçou e caiu, jogando-os para fora da carruagem.

Thor cambaleou e se levantou, então jogou o caldeirão no chão e começou a rir.

– De que você está rindo? – perguntou Tyr. – Há centenas deles.

Thor ergueu Mjölnir, seu martelo.

– Não consegui capturar e matar a serpente. Não desta vez. Mas cem gigantes quase compensam.

De forma muito metódica e animada, Thor matou os gigantes das terras desoladas, um atrás do outro, até que o solo ficou negro e vermelho com sangue. Tyr lutou com uma só mão, mas lutou com bravura e matou sua cota de gigantes naquele dia.

Quando terminaram e todos os gigantes estavam mortos, Thor se agachou ao lado de Rangedor, a cabra machucada, e a ajudou a se levantar. A cabra mancava ao andar. Hymir não estava entre os mortos, e Tyr ficou aliviado, pois não queria dar à mãe nenhum sofrimento adicional.

Thor levou o caldeirão para Asgard, para a reunião dos deuses, e eles levaram o caldeirão para Aegir.

– Aqui está – disse Thor. – Um caldeirão de cerveja grande o bastante para todos nós.

O gigante do mar suspirou.

– É mesmo o que eu pedi para trazerem. Muito bem. Darei um banquete todo outono em meu salão, para todos os deuses.

E o gigante cumpriu sua palavra. Todo ano depois da colheita os deuses bebem a melhor cerveja que já houve ou haverá, durante o outono, no salão do gigante do mar.

Thor e as maçãs da Imortalidade

Na mitologia nórdica, as **maçãs douradas** deixam os deuses imortais. Quando eles se sentiam cansados, velhos, e viam que seus cabelos começavam a perder a cor, recorriam à deusa **Iduna**, que guardava tais maçãs em um cofre de madeira, e comiam do fruto até recuperarem juventude e vitalidade.

Certo dia, Thor foi passear com Loki e Hoenir pelos limites de Jötunheim, onde moravam os gigantes. Era difícil encontrar o que comer naquelas montanhas, e os três deuses já estavam com fome.

Eles ouviram um mugido distante de gado e ficaram animados, com a ideia de que teriam o que jantar aquela noite. Desceram até um vale verde, um lugar cheio de vida, repleto de árvores frondosas em volta de rios de água corrente. Ali, viram um rebanho de gado, animais enormes e gordos por causa do capim do vale.

Os deuses cavaram um buraco e dentro dele acenderam uma fogueira. Mataram um boi e o enterraram na cama de carvões em brasa. Depois, esperaram a carne ficar pronta. Só que quando abriram o buraco, mas a carne ainda estava crua e sangrenta.

Então acenderam a fogueira de novo. Mais uma vez, esperaram. Mais uma vez, o calor do fogo não tinha sequer aquecido a carne.

– Vocês ouviram alguma coisa? – perguntou Thor.

– Não ouvi nada. – respondeu Hoenir.

– Eu ouvi também – disse Loki.

Em algum lugar, alguém ria deles, uma risada escandalosa e divertida. Os três deuses olharam ao redor, mas não havia mais ninguém no vale, só eles e o gado. Então Loki olhou para cima.

No galho mais alto da maior árvore, viu uma águia. Era a maior águia que os três já tinham encontrado, uma águia gigante, e era ela quem ria deles. Thor perguntou para a águia:

– Você sabe por que o fogo não quer cozinhar nosso jantar

E a águia disse:

– Vocês parecem mesmo famintos. Por que não comem a carne crua? É assim que as águias comem. Arrancamos nacos com nossos bicos afiados. Mas vocês não têm bicos, não é mesmo?

– Estamos com fome – declarou Hoenir. – Você pode nos ajudar a cozinhar nosso jantar?

– Pelo que posso ver, alguma magia nesse seu fogo está sugando o calor e o poder das chamas. Se vocês prometerem me dar um pouco da carne, eu devolvo o poder ao fogo.

– Você pode pegar sua porção assim que houver carne cozida suficiente para todos. – respondeu Loki.

A águia sobrevoou a campina, batendo as asas e gerando rajadas de vento tão poderosas que os carvões no buraco brilharam e se avivaram, e os deuses tiveram que se segurar uns nos outros para evitar serem carregados pela força do vento. Então a ave retornou ao poleiro na árvore alta. Dessa vez, os três estavam mais esperançosos ao enterrar a carne no buraco com o fogo, e esperaram. Era verão, época em que o sol quase não se põe nas terras do norte e o dia dura para sempre – então já era tarde da noite, mas ainda parecia dia quando abriram o buraco e foram recebidos pelo cheiro glorioso de carne cozida, macia e pronta para suas facas e seus dentes.

Quando o buraco foi aberto, a águia mergulhou do céu e, com suas garras, se apossou dos dois quartos traseiros do boi, junto com um quarto dianteiro, e começou a despedaçá-los com seu bico voraz. Loki ficou furioso, vendo grande parte do jantar prestes a ser devorado, e atacou a águia com sua lança, na esperança de que ela largasse a comida roubada.

A águia bateu as asas com força, criando um vendaval tão forte que quase derrubou os deuses, e deixou a carne cair. Loki não teve tempo para saborear seu triunfo: reparou que a lança agora estava colada à grande ave. Quando a águia levantou voo, levou-a junto.

Loki queria soltar a lança, mas as mãos estavam presas ao cabo. Não tinha como se soltar. A ave voava baixo, de forma que os pés de Loki se arrastavam por pedras e cascalho, pela encosta das montanhas e pelas copas das árvores. Havia magia em ação ali, e era uma magia mais poderosa do que qualquer coisa que Loki pudesse controlar.

– Pare! Você vai arrancar meus braços. Minhas botas já estão destruídas. Você vai me matar! – gritou Loki.

A águia pairou sobre a encosta de uma montanha, descrevendo círculos suaves em seu voo, e havia apenas o ar frio entre eles e o chão.

– Talvez eu mate mesmo você – comentou.

– Faço o que você quiser para não morrer – pediu Loki, ofegante. – Qualquer coisa. Por favor.

– Eu quero Iduna. E suas maçãs. As maçãs da imortalidade.

Loki estava pendurado no ar. Era um longo caminho até o chão.

Iduna era casada com Bragi, o deus da poesia, e era doce, gentil e boa. Ela sempre carregava uma caixa feita de madeira de freixo que continha maçãs douradas. Quando os deuses começavam a sentir o toque da idade salpicando gelo em seu cabelo ou fazendo doer suas juntas, procuravam Iduna. Ela abria a caixa e permitia que comessem uma única maçã. Enquanto a comiam, a juventude e a força voltavam a eles. Sem as maçãs de Iduna, os deuses mal seriam deuses...

– Você está muito calado – comentou a águia. – Acho que vou arrastá-lo por mais algumas pedras e cumes de montanhas. Dessa vez, talvez o arraste por algum rio profundo.

– Vou trazer as maçãs para você – prometeu Loki. – Eu juro. Só me deixe no chão.

A águia não respondeu, mas, com um leve movimento de uma das asas, começou a descer até uma campina verde, de onde se erguia a fumaça de uma fogueira. Ela desceu voando até onde Thor e Hoenir estavam de pé, boquiabertos, olhando para os dois lá no alto. Quando a águia passou acima do fogo, Loki percebeu que começara a cair, ainda agarrado à lança, e rolou pelo capim. Com um grito, a águia bateu as asas e subiu bem acima dos três, e em pouco tempo tinha virado um pontinho no céu.

– Queria saber por que ela fez isso – comentou Thor.

– Quem é que pode saber? – retrucou Loki.

– Guardamos um pouco de comida para você – disse Hoenir.

Loki tinha perdido o apetite, o que seus amigos atribuíram ao passeio aéreo.

No dia seguinte, Iduna estava caminhando por Asgard, cumprimentando os deuses, examinando seus rostos para descobrir se algum deles começava a envelhecer. Ela passou por Loki. Em geral, Loki a ignorava, mas, naquela manhã, sorriu para ela e a cumprimentou.

– Iduna! Como é bom ver você! Sinto a idade se abater sobre mim. Preciso provar uma de suas maçãs.

– Mas você não parece envelhecido, Loki – retrucou a deusa.

– Eu escondo isso muito bem. Ah! Minhas costas doem. A velhice é terrível, Iduna.

A deusa abriu a caixa de freixo e ofereceu uma maçã dourada a Loki.

Ele a comeu com entusiasmo, devorando-a com sementes e tudo. Então fez uma careta.

– Ó, céus! Nossa, achei que você tivesse maçãs melhores.

Iduna não gostou:

– Que comentário esquisito. Loki, elas são as maçãs dos deuses. As maçãs da imortalidade.

Suas maçãs nunca tinham sido recebidas daquele jeito. Em geral, os deuses só falavam da perfeição do sabor e de como era bom se sentir jovem outra vez.

Loki não argumentou:

– Podem até ser. Mas quando estive na floresta vi maçãs melhores que as suas, e sob todos os aspectos. Eram mais bonitas, mais perfumadas e mais saborosas do que estas. Acho que também eram maçãs da imortalidade. Talvez um tipo de imortalidade melhor do que a que você oferece.

Loki reparou nas expressões que se alternavam depressa no rosto de Iduna: descrença, perplexidade e preocupação.

– Estas são as únicas maçãs do tipo que existem – alegou a deusa.

Loki deu de ombros.

– Só estou relatando o que vi.

Iduna caminhava a seu lado.

– Onde estão essas maçãs?

– Logo ali. Não tenho certeza se consigo lhe explicar o caminho até lá, mas posso guiá-la pela floresta. Não é uma caminhada longa.

A deusa assentiu.

– Mas, quando encontrarmos a macieira, como é que vamos comparar aquelas maçãs com as que estão na sua caixa de freixo aqui em Asgard? Quer dizer, eu até posso falar: "São melhores que suas maçãs." Mas aí você diria: "Que bobagem, Loki, essas frutas são murchas e farinhentas em comparação com as minhas", e aí como teríamos certeza?

– Vou levar minhas maçãs. Vamos poder compará-las.

– Ah. Que ideia inteligente. Bem, então vamos.

Loki a conduziu para a floresta. Iduna segurava firme a caixa de freixo com as maçãs da imortalidade. Depois de meia hora de caminhada, a deusa disse:

– Loki, estou começando a desconfiar que não existe maçã nenhuma, nem macieira nenhuma.

– Mas que indelicado e ofensivo de sua parte – reclamou Loki. – A macieira fica logo ali, no topo daquela colina.

Eles foram até o topo da colina.

– Não tem macieira nenhuma aqui – constatou Iduna. – Só aquele pinheiro alto, com a águia empoleirada.

– Aquilo é uma águia? – perguntou Loki. – É muito grande.

Como se estivesse ouvindo o tempo todo, a águia abriu as asas e mergulhou do pinheiro.

– Não sou águia coisa nenhuma – disse a águia. – Sou o gigante Thiazi em forma de águia, e vim aqui reclamar a bela Iduna. Você fará companhia à minha filha, Skadi. E talvez aprenda a me amar. Mas, aconteça o que acontecer, o tempo e a imortalidade estão esgotados para os deuses de Asgard. Assim o declaro! Assim declara Thiazi!

O gigante capturou Iduna com uma das patas de garras afiadas, pegou a caixa de freixo de maçãs com a outra, subiu aos céus acima de Asgard e desapareceu.

– Então era ele – comentou Loki, para si mesmo. – Sabia que não era uma águia comum.

E voltou para Asgard com a vaga esperança de que ninguém percebesse que Iduna e suas maçãs tinham desaparecido. Ou que, se percebessem, demorassem a ligar seu desaparecimento ao passeio dos dois à floresta.

– Você foi o último a ver Iduna – declarou Thor, esfregando os nós dos dedos da mão direita.

– Não, não fui – retrucou Loki. – Por que você diria uma coisa dessas?

– E você foi o único que não ficou velho, como o resto de nós – completou Thor.

– Estou velho, mas tenho sorte. Eu não aparento. – disse Loki.

Thor resmungou, nada convencido. Sua barba ruiva estava branca como a neve, com poucos pelos ruivos pálidos, tal qual um fogo orgulhoso se transforma em cinzas brancas.

– Bata nele outra vez – sugeriu Freya. Seu cabelo longo estava grisalho, e as rugas de seu rosto eram sulcos profundos e cheios de preocupação. A deusa continuava bela, mas era a beleza envelhecida, não a de uma donzela de cabelo cor de ouro. – Ele sabe onde Iduna está. E sabe onde as maçãs estão.

O colar Brisingamen ainda pendia de seu pescoço, mas estava sem viço, sem brilho e embaçado.

Odin, o pai dos deuses, agarrava-se ao seu cajado com dedos nodosos e retorcidos pela artrite, com veias azuladas. Sua voz, sempre rimbombante e imponente, estava rouca e fraca.

– Não bata nele, Thor – ordenou em sua voz envelhecida.

– Viu? Eu sabia que pelo menos você seria razoável, Pai de Todos – disse Loki. – Eu não tive nada a ver com isso! Por que Iduna teria ido comigo a qualquer lugar que fosse? Ela nem gostava de mim!

– Não bata nele – repetiu Odin, e encarou Loki com seu único olho, agora de um cinza glauco. – Preciso dele inteiro e intacto para a tortura. Já estão aquecendo as brasas, afiando as lâminas e recolhendo as pedras. Podemos ser velhos, mas sabemos torturar e matar tão bem quanto quando o fazíamos na flor da idade e tínhamos as maçãs de Iduna para nos manter jovens.

O cheiro de carvão em brasa chegou às narinas de Loki.

– Se... – começou ele. – Se por acaso eu conseguisse descobrir o que aconteceu com Iduna, e se desse um jeito de trazê-la junto com as maçãs de volta para Asgard em segurança, será que podíamos esquecer essa história toda de tortura e morte?

– É sua única chance de continuar vivo. Traga Iduna de volta para Asgard. E as maçãs da imortalidade. – sussurrou Odin envelhecido.

Loki assentiu.

– Soltem essas correntes – pediu. – Vou fazer isso. Mas vou precisar da capa de penas de falcão de Freya.

– Minha capa? – perguntou Freya.

– Temo que sim.

Freya saiu andando a passos rígidos e voltou com uma capa feita de penas de falcão. As correntes de Loki foram soltas, e ele pegou a capa.

– Não vá pensando que pode ir embora e nunca mais voltar – avisou Thor, esfregando a barba branca ameaçadoramente. – Posso estar velho, mas, se você não voltar, vou caçá-lo, mesmo velho como estou, vou encontrá-lo onde quer que você se esconda, e meu martelo e eu seremos sua morte. Pois eu ainda sou Thor! E ainda sou forte!

– E ainda é extremamente irritante – retrucou Loki. – Poupe seu fôlego, e use sua força para fazer uma pilha de lascas de madeira além dos muros de Asgard. Uma pilha enorme de lascas de madeira. Você vai ter que derrubar muitas árvores e picá-las em lascas finas. Vou precisar de uma pilha comprida e alta bem junto ao muro, então é melhor começar agora.

Ele envolveu o corpo com a capa e assumiu a forma de falcão, batendo as asas e voando mais rápido até que uma águia. Ele desapareceu a caminho do norte, na direção das terras dos gigantes do gelo.

Loki voou sem parar para descansar em sua forma de falcão, até, já bem embrenhado nas terras dos gigantes do gelo, chegar à fortaleza de Thiazi. Lá, ele se empoleirou no telhado alto para observar tudo o que se passava abaixo.

Loki viu Thiazi, em sua forma de gigante, sair andando a passos pesados de sua fortaleza e atravessar a praia de cascalho até um barco a remo maior que a maior das baleias. Thiazi puxou o barco pela proa até as águas congelantes do oceano norte e avançou mar adentro com grandes remadas. E logo sumiu de vista.

Foi então que Loki, ainda como falcão, voou ao redor da fortaleza, espiando o interior de cada janela. No quarto mais distante, por uma janela com grades, viu Iduna, sentada, aos prantos, e se empoleirou ali.

– Pare de chorar! Sou eu, Loki, e vim aqui resgatá-la!

Iduna encarou o deus da trapaça com os olhos vermelhos de tanto chorar.

– Você é a fonte de todos os meus problemas!

– Bem, isso pode até ser. Mas foi há muito tempo. Isso foi o Loki de ontem. O Loki de hoje está aqui para salvá-la e levá-la de volta para casa.

– Como?

– Você ainda está com as maçãs?

– Eu sou uma deusa Aesir. Onde quer que eu esteja, as maçãs também estão.

Iduna lhe mostrou a caixa com as maçãs.

– Isso facilita as coisas – comentou Loki. – Feche os olhos.

A deusa fechou os olhos, e ele a transformou em uma avelã ainda grudada na casca verde. Loki fechou as garras em torno da avelã, bateu as asas, passou por entre as barras da janela e começou a viagem de volta para casa.

Thiazi tinha tido um péssimo dia de pescaria. Nenhum peixe mordia a isca. Ele decidiu que usaria melhor seu tempo voltando para sua fortaleza para cortejar Iduna. Iria provocá-la contando como, sem ela e suas maçãs, todos os deuses estavam frágeis e debilitados – velhotes babões, incapazes e trêmulos, com o pensamento lento e a mente e o corpo aleijados. Ele remou de volta para a fortaleza e se apressou até o aposento de Iduna.

Estava vazio.

Thiazi notou uma pena de falcão no chão. Naquele momento, soube onde Iduna estava e quem a levara.

O gigante alçou voo na forma de uma águia ainda maior e mais poderosa que qualquer outra em que já se transformara e avançou em um voo rápido, cada vez mais rápido, na direção de Asgard.

O mundo passava abaixo dele. O vento soprava a sua volta. O gigante foi ainda mais rápido, tão rápido que o próprio ar trovejava com o som de sua passagem.

Thiazi continuou voando. Deixou a terra dos gigantes e adentrou a terra dos deuses. Quando viu um falcão à frente, soltou um grito de fúria e aumentou a velocidade.

Os deuses de Asgard ouviram o guincho e o ribombar das asas e foram até as muralhas altas ver o que até se passava. Viram o pequeno falcão vindo em sua direção com a águia enorme em seu encalço. O falcão estava tão perto... – Agora? – perguntou Thor.

– Agora – concordou Freya.

Thor ateou fogo às lascas de madeira. Elas queimaram em um instante, permitindo apenas tempo o suficiente para o falcão passar voando por cima das muralhas e se instalar no interior do castelo. Então, com um rugido, irromperam em chamas. Foi como uma erupção, um jorro de fogo mais alto que os muros da própria Asgard: aterrorizante e inimaginavelmente quente.

Thiazi não conseguiu parar, não conseguiu reduzir a velocidade do voo, não conseguiu mudar de direção. Voou direto para as chamas. As penas do gigante pegaram fogo, as pontas das asas queimaram. E, transformado em uma águia depenada, ele caiu do ar e se estatelou no chão com um estrondo que abalou a fortaleza dos deuses.

Queimada, atônita e atordoada, a águia pelada não era páreo nem mesmo para deuses idosos. Já estava mortalmente ferido, e, ao voltar à forma de gigante, um golpe do martelo de Thor lhe tirou a vida.

Iduna ficou feliz por se reunir com o marido. Os deuses comeram as maçãs da imortalidade e recuperaram a juventude. Loki torceu para que a questão estivesse resolvida.

Não estava. A filha de Thiazi, Skadi, vestiu a armadura, pegou as armas e foi para Asgard vingar o pai.

– Meu pai era tudo para mim, e vocês o mataram. Sua morte enche minha vida de lágrimas e tristeza. Não tenho mais alegria para viver. Venho aqui em busca de vingança ou compensação.

Os Aesir e Skadi barganharam muito por uma compensação. Naqueles dias, cada vida tinha um preço, e a vida de Thiazi tinha um preço muito alto. Quando as negociações foram concluídas, os deuses e Skadi concordaram que a gigante seria recompensada pela morte do pai de três maneiras.

Primeiro, Skadi poderia escolher um deles para ser seu marido e assumir o lugar do pai morto. (Era óbvio para todos os deuses e deusas que Skadi se decidira por Balder, o mais belo de todos os Aesir. Ela não parava de dar piscadelas para ele e o encarava sem cessar, até que Balder desviou o olhar, enrubescido e envergonhado.)

Segundo, os deuses a fariam rir de novo, porque ela não tinha sorrido desde que o pai fora morto. E, por último, os deuses providenciariam para que seu pai jamais fosse esquecido.

Os deuses a deixariam escolher um marido entre eles, mas tinham uma condição: ela não podia escolher o marido olhando seu rosto. Todos os deuses ficariam atrás de uma cortina com apenas os pés à mostra. Skadi teria que escolher o marido pelos pés.

Um a um, os deuses foram para trás da cortina, e Skadi examinou seus pés com muita atenção.

– Pés feios – dizia, ao passar por cada par.

Então parou e exclamou com prazer:

– Esses são os pés de meu futuro marido! São os pés mais bonitos que já vi! Devem ser de Balder. Nada em Balder poderia ser feio.

E Balder era mesmo belo, mas, ao erguer a cortina, Skadi descobriu que os pés que escolhera pertenciam a Njord, deus das carruagens, pai de Frey e Freya.

Os dois se casaram ali mesmo. No banquete de casamento, a gigante tinha o olhar mais triste que qualquer Aesir já vira.

Thor cutucou Loki.

– Vá em frente – mandou. – Faça-a rir. Isso é culpa sua, afinal. Loki soltou um suspiro.

– Sério?

Thor assentiu e deu um tapinha no cabo do martelo.

Loki balançou a cabeça e foi até os currais onde ficavam os animais. Voltou para o banquete de casamento conduzindo um bode grande e extremamente irritado. Loki irritou ainda mais o bode amarrando uma corda com firmeza em torno de sua barba.

Então o deus da trapaça amarrou a outra ponta da corda no próprio corpo. Ele puxou a corda. O bode berrou, sentindo a dor da barba puxada, e puxou de volta. A corda puxou com força as partes íntimas de Loki, que gritou, segurou a corda outra vez e a puxou de volta. Os deuses riram. Não era preciso muito para fazer os deuses rirem, mas aquilo era a melhor coisa que eles tinham visto em muito tempo. Fizeram apostas sobre o que seria arrancado primeiro: a barba do bode ou as partes íntimas de Loki. E zombaram dele por gritar.

– Parece o uivo de uma raposa à noite! – exclamou Balder, segurando o riso.

– Loki parece um bebê chorão! – disse o irmão de Balder, Hod, que era cego, mas ria toda vez que Loki gritava.

Skadi não ria, embora o fantasma de um sorriso começasse a assombrar os cantos de seus lábios. Toda vez que o bode berrava ou Loki uivava de dor, gemendo como uma criança, seu sorriso ficava um pouco mais largo.

Loki puxava. O bode puxava. Loki gritava e dava um novo puxão. O bode berrava e puxava de volta com ainda mais força.

De repente, a corda arrebentou e Loki voou pelos ares com as mãos na virilha. Caiu no colo de Skadi, gemendo de dor. Skadi riu como uma avalanche entre as montanhas, riu tão alto quanto uma geleira desabando. Riu tanto e por tanto tempo que lágrimas brilharam em seus olhos. E, enquanto ria, pela primeira vez estendeu o braço e apertou a mão do novo marido, Njord.

Loki desceu de seu colo e saiu pulando com as mãos entre as pernas, olhando com ressentimento para todos os deuses e deusas, que apenas riram mais alto.

No fim da festa de casamento, Odin se virou para Skadi, a filha do gigante, e disse:

– Então nossa dívida está paga. Ou quase.

Ele fez um sinal para que Skadi o seguisse para a noite, e ela e Odin saíram juntos do salão, com o novo marido da gigante seguindo a seu lado. Perto da pira funerária que os deuses fizeram para os restos de Thiazi havia duas grandes esferas cheias de luz.

– Essas esferas eram os olhos de seu pai – explicou Odin.

Odin pegou os olhos de Thiazi e os jogou para o alto, para o céu noturno, onde queimaram e brilharam juntos, lado a lado.

Segundo a mitologia nórdica, no céu há duas estrelas gêmeas, uma brilhando ao lado da outra. Essas estrelas são os olhos de Thiazi. E brilham até hoje. São as estrelas que hoje chamamos Castor e Pólux.

Capítulo 6
Loki

Sigyn, que era feliz e bela quando Loki a cortejou e eles se casaram, mas que depois disso sempre parecia aguardar más notícias.

LOKI É UM DEUS DA TRAPAÇA E DA TRAVESSURA, TAMBÉM ESTÁ LIGADO À MAGIA E PODE ASSUMIR A FORMA QUE QUISER. É BONITO, CONVINCENTE, SIMPÁTICO E, SUTIL E O MAIS ASTUTO DE TODOS OS HABITANTES DE ASGARD. ELE VIAJA PELO CÉU COM SAPATOS VOADORES E PODE ASSUMIR A FORMA DE OUTRAS PESSOAS OU DE QUALQUER ANIMAL, MAS SUA VERDADEIRA ARMA É A MENTE. ELE É MAIS INTELIGENTE, SUTIL E TRAIÇOEIRO DO QUE QUALQUER DEUS OU GIGANTE. NEM MESMO ODIN É TÃO ASTUTO.

Segundo alguns estudiosos, Loki é filho adotivo de Odin e irmão de Thor. Outras fontes indicam que Loki é irmão de Odin, por juramento de sangue. Ele é filho de Laufey, também conhecida como Nál, ou agulha, porque ela era magra, bonita e afiada. Dizem que seu pai era Fárbauti, um gigante cujo nome significa "aquele que dá golpes poderosos", um ser tão perigoso quanto seu nome indica.

Loki não pertence aos Aesir, embora viva com eles. É frequentemente considerado um símbolo da maldade, traiçoeiro, de pouca confiança; e, embora suas artimanhas geralmente causem problemas a curto prazo aos deuses, estes frequentemente se beneficiam, no fim, das travessuras de Loki.

Ele possui um grande senso de estratégia e usa suas habilidades para seus interesses, envolvendo intriga e mentiras complexas. Sendo um misto de deus e gigante, sua relação com os outros deuses é conturbada.

Segundo as lendas nórdicas ele iria liderar um exército no Ragnarok. Entretanto, ele é respeitado por Thor. Ele também ajuda Thor a recuperar seu martelo Mjölnir, roubado pelos gigantes, obtém alguns dos artefatos mais preciosos dos deuses - como a própria lança de Odin, Gungnir, os cabelos de ouro de Sif e o navio mágico de Freyr, Skidbladnir. As referências a Loki estão no Edda em verso, compilado no século XIII a partir de fontes tradicionais, no Edda em prosa e no Heimskringla, escrito no século XIII por Snorri Sturluson. Ele também aparece nos Poemas rúnicos, a poesia dos escaldos, e no folclore escandinavo. Há teorias que conectam o personagem com o ar ou o fogo, e que ele pode ser a mesma figura do deus Lóðurr, um dos irmãos de Odin.

No Edda em verso, Loki aparece nos poemas Völuspá, Lokasenna, Þrymskviða, Reginsmál, Baldrs draumar e Hyndluljóð, seja apenas citado ou parte relevante do texto.

Os filhos de Loki

Loki era bonito e tinha plena consciência disso. Todos queriam gostar dele, acreditar em sua conversa, mas o melhor que se podia dizer a seu respeito é que ele era irresponsável e autocentrado, e o pior, que era perverso e maligno. Loki desposou uma deusa chamada Sigyn, que era feliz e bela quando Loki a cortejou e eles se casaram, mas que depois disso sempre parecia aguardar más notícias. Sigyn lhe deu um filho, Narvi, e outro pouco depois, Vali.

Às vezes, Loki sumia por muito tempo, e nessas ocasiões Sigyn sempre parecia estar à espera das piores notícias possíveis. Mas seu marido sempre voltava para casa: evasivo e parecendo bastante culpado, mas com um ar de quem, na verdade, estava muito orgulhoso de si mesmo.

Foram três as vezes em que ele partiu, e três as vezes em que, depois de um tempo, ele voltou para Asgard.

No último retorno de Loki, Odin o convocou.

– Tive um sonho – comentou o velho deus caolho. – Você tem filhos.

– Eu tenho um filho, Narvi. É um bom menino, mas devo confessar que nem sempre dá ouvidos ao pai. E tenho outro filho, Vali, que é obediente e comedido.

– Não eles. Você tem três outros filhos, Loki. Você anda escapulindo para passar os dias e as noites na terra dos gigantes do gelo e se encontrar com Angrboda, a gigante. E com ela você teve três filhos. Vi isso durante o sono, e minhas visões dizem que eles serão os maiores inimigos dos deuses no tempo que está por vir.

Loki nada respondeu. Tentou se mostrar envergonhado, mas só conseguiu parecer satisfeito consigo mesmo.

Odin convocou os deuses, liderados por Tyr e Thor, e disse que iriam fazer uma viagem para uma área distante de Jötunheim, a terra dos gigantes, e trazer os filhos de Loki para Asgard.

Os deuses viajaram para Jötunheim, onde encontraram inúmeros perigos até chegarem à fortaleza de Angrboda. A gigante não os esperava, e deixara os filhos brincando sozinhos no grande salão. Os deuses ficaram chocados quando se depararam com os filhos de Loki e Angrboda, mas não se detiveram. Capturaram as crianças, levando consigo a mais velha entre eles presa ao tronco nu de um pinheiro; amordaçaram a segunda e passaram uma corda em torno de seu pescoço, feito uma coleira; e a terceira caminhava junto deles, sombria e perturbadora.

Aqueles que avançavam à direita da terceira criança viam uma bela moça, enquanto os da esquerda sempre desviavam o olhar, pois viam uma garota morta, com a pele e a carne negras e pútridas.

– Você também reparou? – perguntou Thor a Tyr, no terceiro dia da viagem de volta pelas terras dos gigantes do gelo.

Haviam acampado em uma pequena clareira para passar a noite, e Tyr acariciava o pescoço peludo do segundo filho de Loki com sua grande mão direita.

– No quê?

– Os gigantes... Eles não estão nos seguindo. Nem mesmo a mãe dessas criaturas veio atrás de nós. É como se quisessem que levássemos os filhos de Loki para longe de Jötunheim.

– Que bobagem – retrucou Tyr, mas sentiu um calafrio ao dizer essas palavras, mesmo com o calor da fogueira.

Após dois dias de viagem árdua, os deuses, enfim, chegaram ao salão de Odin.

– Esses são os filhos de Loki – anunciou Tyr, sem rodeios.

O primeiro dos filhos de Loki, ainda amarrado ao pinheiro, já estava maior do que o tronco ao qual fora preso. Seu nome era Jörmungund, e ele tinha a forma de uma serpente.

– Ele cresceu muito durante os dias em que viajamos para cá – explicou Tyr.

– Cuidado – alertou Thor. – Ele cospe um veneno negro nocivo. A serpente cuspiu esse veneno em mim, mas errou. Por isso amarramos sua cabeça à árvore desse jeito.

– É uma criança – observou Odin. – Ainda está em fase de crescimento. Vamos mandá-la para onde não possa machucar ninguém.

Odin levou a serpente para a beira do mar além de todas as terras, o mar que circunda Midgard. Bem ali, na orla, libertou Jörmungund e observou enquanto a criatura deslizava e mergulhava por sob as ondas, serpenteando para longe.

O Pai de Todos observou Jörmungund com seu único olho até a serpente desaparecer no horizonte, e se perguntou se tinha feito a coisa certa. Não sabia. Fizera como seus sonhos haviam lhe ordenado, mas sonhos sabem mais do que revelam, até mesmo para o mais sábio dos deuses de Asgard.

Dali, a serpente cresceria sob as águas cinzentas do oceano do mundo, aumentando de tamanho até circundar a terra. Jörmungund seria, então, conhecido como serpente de Midgard.

Odin retornou ao grande salão e ordenou que a filha de Loki se aproximasse.

Olhou fixamente para a menina: do lado direito do rosto, a face era branca e rosada, o olho do mesmo tom de verde dos de Loki, os lábios cheios e carmesins. Do lado esquerdo, a pele era manchada e estriada, com marcas inchadas da morte, havia um olho cego e podre, pálido e sem vida, e a boca sem lábios estava murcha e repuxada sobre dentes marrons.

– Qual é o seu nome, menina? – perguntou o Pai de Todos.

– Se o nome for de seu agrado, Pai de Todos, me chamam de Hel.

– Uma criança educada – observou Odin. – Preciso reconhecer.

Hel não respondeu, apenas o encarou com seu único olho verde, penetrante como uma lasca de gelo, e com seu olho branco, embotado, destruído e morto.

Odin não viu medo nela.

– Você está viva? Ou é um cadáver?

– Eu sou apenas eu mesma: Hel, filha de Angrboda e de Loki. E gosto mais dos mortos. São mais simples e falam comigo com deferência. Os vivos me olham com repulsa.

Odin contemplou a garota, então se lembrou dos sonhos e disse:

– Esta criança governará o lugar mais profundo de todos os lugares sombrios, e governará os mortos de todos os nove mundos. Ela será a rainha das almas miseráveis que morrem de mortes indignas: de doença ou velhice, de acidentes ou no parto. Guerreiros mortos em batalha sempre virão para nós, para Valhala. Mas os que morrem outras mortes serão seus súditos, para servi-la na escuridão.

Pela primeira vez desde que fora tirada da mãe, a jovem Hel abriu um sorriso com sua meia boca.

Odin levou Hel para o submundo, para o mundo sem luz, e lhe mostrou o salão imenso no qual ela receberia seus súditos. Então ficou olhando enquanto ela nomeava suas posses.

– Chamarei meu prato de Fome – anunciou a jovem. Então pegou uma faca. – A esta faca, dou o nome de Inanição. E minha cama é Preocupação.

Com isso, estava resolvido o problema de dois dos filhos de Loki com Angrboda. Um habitava o oceano, outra, a escuridão sob a terra. Mas o que fazer com o terceiro?

Quando trouxeram o terceiro e menor dos filhos de Loki para Asgard, ele era um filhote, e Tyr acariciou seu pescoço e sua cabeça e brincou com ele depois de remover a mordaça. Era um filhote de lobo mesclado de cinza e preto, com olhos cor de âmbar escuro.

O filhote comia carne crua, mas falava como um homem, usando a língua dos homens e dos deuses, e era orgulhoso. A pequena fera se chamava Fenrir.

Fenrir também crescia depressa. Um dia, estava do tamanho de um lobo adulto; no dia seguinte, do tamanho de um urso das cavernas; então ficou do tamanho de um grande alce.

Os deuses ficaram intimidados. Todos menos Tyr, que ainda brincava e se divertia com Fenrir, e sozinho alimentava o lobo com carne todos os dias. E a cada dia a fera comia mais que no anterior, e a cada dia Fenrir crescia e se tornava mais forte e feroz.

Era com maus presságios que Odin via a criança lobo crescer, pois em seus sonhos Fenrir estava presente no fim de tudo. E as últimas coisas que Odin vira em muitos sonhos sobre o futuro eram os olhos cor de topázio e os dentes brancos e afiados do lobo.

Os deuses se reuniram no conselho e, nessa reunião, decidiram que acorrentariam Fenrir. Forjaram correntes e algemas pesadas nas forjas dos deuses e levaram os grilhões até Fenrir.

– Olhe, Fenrir! – disseram os deuses, como se sugerissem uma nova brincadeira. – Você cresceu tão rápido. É hora de testar a sua força. Trouxemos as algemas e a corrente mais fortes que existem... Acha que consegue rompê-las?

– Acho que sim – respondeu o lobo Fenrir. – Podem me prender.

Os deuses envolveram a enorme corrente em torno do lobo e algemaram suas patas. Fenrir esperou, imóvel. Os deuses trocaram sorrisos enquanto acorrentavam o lobo enorme.

– Agora! – gritou Thor.

Fenrir fez força, contraindo os músculos das patas, e os elos da corrente arrebentaram como gravetos secos.

O grande lobo uivou para a lua, um uivo de triunfo e alegria.

– Rompi suas correntes – anunciou. – Nunca se esqueçam disso.

– Não vamos esquecer – responderam os deuses.

No dia seguinte, Tyr foi levar a carne do lobo.

– Eu rompi as amarras – comentou Fenrir. – Foi fácil.

– É verdade – concordou Tyr.

– Acha que vão me testar outra vez? Eu cresço e fico mais forte a cada dia.

– Vão testar sua força novamente. Posso apostar minha mão direita nisso – respondeu Tyr.

O lobo ainda estava crescendo, e os deuses ocupavam a ferraria, forjando uma nova corrente. Um homem normal não poderia erguer nem um único elo, de tão pesados que eram. O metal da corrente era o mais forte que os deuses tinham conseguido encontrar: ferro da terra misturado com ferro que caíra do céu. Chamaram a corrente de Dromi.

Os deuses levaram Dromi até onde Fenrir dormia.

O lobo abriu os olhos.

– De novo? – perguntou.

– Se você conseguir escapar desta corrente, será condecorado, e sua força será conhecida em todos os mundos. Conquistará a glória. Se correntes como estas não puderem detê-lo, é porque sua força é maior que a de qualquer deus ou gigante.

Ouvindo isso, Fenrir assentiu e examinou a corrente chamada Dromi, que era maior que todas as correntes que já existiram, com elos mais fortes que o mais forte dos elos.

– Não há glória sem risco – afirmou o lobo, após alguns momentos. – Acho que posso romper essa corrente. Podem me prender.

Os deuses o acorrentaram.

O grande lobo se esticou e fez força, mas a corrente resistiu. Os deuses se entreolharam, e havia uma faísca de triunfo brilhando em seus olhos. Então o grande lobo começou a se retorcer, a se revirar, a debater as patas e a tensionar cada músculo e tendão. Seus olhos brilhavam, seus dentes reluziam, sua boca espumava.

Ele rosnava enquanto se retorcia, lutava com toda a força.

Os deuses recuaram por instinto, e ainda bem que fizeram isso, porque um elo rachou e a corrente se quebrou com tamanha violência que os pedaços foram lançados longe. Muitos anos depois, os deuses ainda encontrariam fragmentos dos elos estilhaçados cravados nos troncos das árvores ou nas encostas das montanhas.

– Viva! – urrou Fenrir, uivando, celebrando sua vitória como lobo e como homem.

Ele percebeu que os deuses que haviam assistido ao desafio não pareceram alegres com sua vitória. Nem mesmo Tyr. Fenrir, filho de Loki, refletiu sobre isso e sobre outras questões.

E o lobo crescia, maior e mais faminto a cada dia.

Odin remoeu os fatos, pensou e refletiu. Tinha tanto a sabedoria do poço de Mímir quanto a sabedoria que adquiriu ao se enforcar na Árvore do Mundo, sacrificando a si próprio. Por fim, decidiu convocar Skírnir, o elfo da luz mensageiro de Frey, e descreveu a corrente chamada Gleipnir. Skírnir montou em seu cavalo e atravessou a ponte arco-íris até Svartalfheim, levando instruções para os anões forjarem uma corrente como nenhum dos mundos viu igual.

Os anões ouviram a descrição de Skírnir, estremeceram e deram seu preço. O elfo concordou, como tinha sido instruído por Odin, embora o preço fosse alto.

Os anões reuniram os ingredientes necessários para fazer Gleipnir. Eis as seis coisas que os anões reuniram:

A primeira foi o som dos passos de um gato.

A segunda, a barba de uma mulher.

A terceira, as raízes de uma montanha.

Para o quarto ingrediente, os tendões de um urso.

O quinto foi o fôlego de um peixe.

E o sexto e último, a saliva de um pássaro.

Usaram cada um desses ingredientes para forjar Gleipnir. (Nem precisa me dizer que nunca viu esse tipo de coisa no mundo. Claro que não viu: os anões usaram tudo na forja.)

Quando terminaram o trabalho, os anões entregaram a Skírnir uma caixa de madeira. Seu conteúdo parecia uma longa fita de seda, macia e delicada ao toque. Era quase transparente e tão leve quanto uma pluma.

Skírnir cavalgou de volta para Asgard com a caixa. Chegou tarde da noite, depois que o sol já havia se posto. Mostrou aos deuses o que trouxera da oficina dos anões, e todos ficaram impressionados com o que viram.

Os deuses se dirigiram às margens do Lago Negro e gritaram por Fenrir. O lobo veio correndo, como um cão ao ser chamado, e os deuses ficaram impressionados com seu tamanho e poder.

– O que aconteceu? – perguntou o lobo.

– Conseguimos pôr as mãos nas amarras mais fortes que existem – responderam. – Nem você vai conseguir rompê-las.

O lobo se inflou de vaidade e respondeu, orgulhoso:

– Consigo romper qualquer corrente.

Odin abriu a mão, exibindo Gleipnir, que reluzia ao luar.

– É isso? – desdenhou o lobo. – Isso não é nada.

Os deuses puxaram Gleipnir, mostrando como era resistente.

– Não conseguimos rompê-la – disseram.

O lobo estreitou os olhos e observou o trapo de seda, que reluzia como uma trilha de lesma, ou o luar nas ondas. Então deu as costas, desinteressado.

– Não. Tragam correntes de verdade, algemas de verdade, pesadas e grandes, para que eu possa mostrar minha força.

– Esta é Gleipnir – explicou Odin. – É mais forte que qualquer algema ou corrente. Está com medo, lobo Fenrir?

– Medo? Claro que não. Mas o que eu ganharia rompendo uma fita fina como essa? Acha que me trará fama e renome? Que vão se reunir e dizer "Ouviram falar de como Fenrir, o lobo, é forte? Ele é tão poderoso que rompeu uma fita de seda!"? Romper Gleipnir não me trará glória.

– Você está com medo – constatou Odin.

A grande fera farejou o ar.

– Sinto o cheiro de traição e trapaça – anunciou o lobo. Seus olhos cor de âmbar brilhavam ao luar. – E, mesmo acreditando que essa tal Gleipnir seja apenas uma fita de seda, não consentirei em ser amarrado por ela.

– Não? Você que rompeu as maiores e mais fortes correntes que já existiram? Está com medo desta fita? – indagou Thor.

– Não tenho medo de nada – rosnou o lobo. – São vocês, criaturinhas, que estão com medo de mim.

Odin coçou a barba.

– Você não é burro, Fenrir. Não há traição entre nós. Mas entendo sua relutância. Só um guerreiro corajoso consentiria em ser amarrado por correntes que não pode romper. Eu lhe garanto, como pai dos deuses, que se você não conseguir romper uma fita como esta (que é, como você diz, uma fita de seda), nós, deuses, não teremos mais razão para temê-lo. E por isso o libertaremos e o deixaremos seguir seu caminho.

O lobo soltou um longo rosnado.

– Você mente, Pai de Todos. Mente com a mesma facilidade que respira. Não acredito que vou ser libertado se me amarrarem com correntes das quais não posso escapar. Acho que você vai me deixar aqui. Seu plano é me abandonar e me trair, não é? Não permito que prendam essa amarra em mim.

– Belas palavras, e muito corajosas – retrucou Odin. – Palavras ditas para encobrir o medo de ser exposto como o covarde que é, lobo Fenrir. Você está com medo de ser amarrado com esta fita de seda. Não há necessidade de maiores explicações.

A língua do lobo pendeu da boca, e ele riu, mostrando os dentes afiados, cada um do tamanho do braço de um homem.

– Em vez de questionar minha coragem, eu o desafio a provar que não há nenhuma trapaça. Aceito ser amarrado se um de vocês se dispuser a colocar a mão na minha boca. Vou fechar os dentes de leve, mas não vou morder. Se não houver traição, abrirei a boca quando tiver escapado da fita, ou quando tiverem me soltado, e a mão permanecerá ilesa. Pronto. Juro que, com a mão na minha boca, vou permitir que vocês me amarrem com a fita. E então, de quem será a mão?

Os deuses se entreolharam. Balder se voltou para Thor; Heimdall, para Odin; e Vili, para Frey; mas nenhum deles se moveu. Então Tyr deu um suspiro, adiantou-se e ergueu a mão direita.

– Eu vou botar a mão na sua boca, Fenrir.

Fenrir deitou-se de lado, e Tyr pôs a mão direita em sua boca, como fazia quando Fenrir era filhote e os dois brincavam juntos. Fenrir fechou os dentes com delicadeza até prender a mão de Tyr pelo pulso sem machucar a pele, então fechou os olhos.

Os deuses o amarraram com Gleipnir. Uma trilha de lesma reluzente envolvia o enorme lobo, amarrando suas pernas e o imobilizando.

– Pronto – anunciou Odin. – Agora, lobo Fenrir, rompa as amarras. Mostre-nos como você é poderoso.

O lobo se esticou e se debateu, empurrou e tensionou cada nervo e músculo tentando arrebentar Gleipnir. Mas, quanto mais lutava, mais difícil parecia se soltar, e a cada movimento a fita reluzente ficava mais forte.

A princípio, os deuses sorriram. Depois, riram. Por fim, quando tiveram certeza de que a fera estava imobilizada e que não corriam perigo, os deuses gargalharam.

Só Tyr ficou em silêncio. Ele não riu. Sentia a ponta afiada dos dentes de Fenrir contra seu pulso, a umidade e o calor da língua do lobo em sua palma e em seus dedos.

Fenrir parou de lutar. Ficou ali, imóvel. Se os deuses fossem soltá-lo, seria naquele momento.

Mas os deuses apenas riam mais e mais. As gargalhadas ribombantes de Thor, mais altas que um trovão, misturavam-se à risada seca de Odin e ao riso musical de Balder...

Fenrir olhou para Tyr, que o encarou com bravura. Então o deus fechou os olhos e assentiu.

– Vá em frente – sussurrou.

Fenrir arrancou a mão de Tyr.

O deus não emitiu nenhum som. Apenas envolveu o coto da mão direita com a esquerda e apertou com toda a força que tinha, reduzindo o jorro de sangue a um filete.

O lobo observou os deuses amarrarem uma das extremidades de Gleipnir a uma pedra tão grande quanto uma montanha, para então a prenderem bem. Depois observou enquanto os deuses pegavam outra rocha e a usavam para martelar a pedra ainda mais fundo na terra, mais fundo que o mais profundo dos oceanos.

– Odin, seu traidor! – gritou Fenrir. – Se não tivesse mentido, eu teria sido amigo dos deuses. Mas seu medo o traiu. Vou matar você, pai dos deuses. Vou esperar até o fim de todas as coisas, então vou devorar o Sol e devorar a Lua. Mas meu maior prazer será matá-lo.

Os deuses tomaram cuidado para não se aproximar das presas de Fenrir, mas, enquanto trabalhavam para afundar ainda mais a rocha, o lobo girou o corpo e tentou mordê-los. O deus mais próximo teve a presença de espírito de enfiar a espada no céu da boca de Fenrir. O cabo da espada ficou preso na mandíbula da fera, mantendo sua boca aberta, impedindo-a de se fechar.

O lobo soltava rosnados inarticulados, e saliva escorria de sua boca, formando um rio. Quem não soubesse que se tratava de um lobo pensaria que Fenrir era uma pequena montanha com um rio correndo da boca de uma caverna.

Os deuses deixaram o lugar onde o rio de saliva corria silenciosamente até o lago escuro. Quando se afastaram o bastante, riram mais, dando tapinhas nas costas uns dos outros, e abriram o grande sorriso de quem acredita ter agido com muita esperteza.

Tyr não sorriu nem riu. Ele enrolou um pano no coto e caminhou ao lado dos deuses de volta para Asgard, mantendo seus pensamentos para si.

A morte de Loki

No salão de Aegir os deuses e elfos estavam reunidos para beber a cerveja recém-fermentada do gigante do mar, feita no caldeirão que Thor trouxera da terra dos gigantes, muito tempo antes. Ocorria o Festival de Outono.

Loki bebeu demais. Quando ouviu os deuses elogiarem o criado de Aegir, Fimafeng, pela agilidade e diligência, saltou da mesa, apunhalou Fimafeng e o matou na hora.

Os deuses levaram Loki do salão para a escuridão lá fora. O tempo passou. O banquete continuou, embora mais contido.

Quando os deuses e as deusas se viraram para descobrir o que estava acontecendo, viram que Loki tinha voltado. Ele estava parado na entrada do salão, olhando fixamente para todos com um sorriso sardônico.

– Você não é bem-vindo aqui – disseram os deuses.

Loki os ignorou. Ele foi até onde Odin estava sentado.

– Pai de Todos. Eu e você misturamos nosso sangue há muito, muito tempo, não foi?

Odin assentiu.

– É verdade.

Loki abriu um sorriso ainda maior.

– Você não jurou na época, ó, grande Odin, que só beberia a uma mesa de banquete se Loki, seu irmão de juramento, bebesse com você?

O olho cinza de Odin encarou os olhos verdes de Loki, e foi Odin quem desviou o olhar.

– Que o pai do lobo festeje conosco – anunciou Odin.

Loki sorriu com malícia e prazer. Pediu mais da cerveja de Aegir e bebeu depressa.

O deus da trapaça insultou todos os deuses, um a um. Disse aos deuses que eram covardes, disse às deusas que eram ingênuas e lascivas. Cada insulto vinha entrelaçado de verdade suficiente para remoer a ferida.

Ele os chamou de bobos, lembrou-os de coisas que eles achavam estar esquecidas faz tempo. Zombou, retomou escândalos antigos, e não parava de deixar todos infelizes, até que Thor chegou.

Ele terminou a conversa de maneira bem simples: ameaçou usar Mjölnir para calar a boca maligna de Loki para sempre e mandá-lo a Hel, direto para o salão dos mortos.

Loki, então, deixou o banquete. Mas, antes de sair, cambaleante, virou-se para Aegir e disse:

– Nunca mais haverá outro festival de outono aqui. Chamas consumirão este salão, e o fogo queimará sua pele, arrancando-a da carne. Tudo que você possui lhe será tirado. Isso eu juro.

E saiu andando. Deixou os deuses de Asgard, embrenhando-se na escuridão.

Na manhã seguinte, Loki estava sóbrio. Ele pensou no que fizera na noite anterior. Não sentiu vergonha, pois a vergonha não fazia parte de seus modos, mas sabia que tinha ido longe demais.

Loki tinha uma casa em uma montanha perto do mar, então decidiu esperar ali até que os deuses tivessem esquecido aquela história. A casa ficava no cume da montanha e tinha quatro portas, uma de cada lado, permitindo que ele visse o perigo se aproximando de qualquer direção.

Loki se transformava em salmão e se escondia no poço abaixo da cascata de Franang, uma queda d'água alta que despencava pela encosta da montanha. Um riacho ligava o poço a um pequeno rio, e o rio desembocava no mar.

Loki gostava de ter planos e de ter planos reserva. Na forma de salmão, sabia que estava razoavelmente seguro. Os deuses não conseguiam pegar salmões enquanto eles nadavam.

Mas Loki começou a desconfiar de si mesmo e se perguntou: Poderia haver um modo de pegar um peixe nas águas profundas do poço, sob a cachoeira?

Como ele, o ser mais astuto de todos, o criador de planos mais perspicaz, pegaria um salmão?

Loki pegou um novelo de fio de urtiga e começou a tecê-la e dar nós para fazer uma rede de pesca, a primeira já criada. Sim, pensou. Se eu usasse esta rede, poderia pegar um salmão.

Agora vou elaborar outro plano, pensou. O que fazer se os deuses tecerem uma rede como esta?

Ele examinou a rede e pensou: Salmões podem saltar. Podem nadar rio acima e subir cachoeiras. Eu poderia saltar por cima da rede.

Alguma coisa chamou sua atenção. Ele espiou para fora pela primeira porta, depois por outra. Levou um susto: os deuses subiam a encosta da montanha e estavam quase chegando a sua casa.

Loki lançou a rede no fogo e a viu queimar com satisfação. Então entrou na cascata de Franang. Na forma de um salmão prateado, Loki foi levado pela cachoeira e desapareceu nas profundezas do poço fundo na base da montanha.

Os Aesir chegaram à casa. Esperaram junto de cada porta, para impedir a fuga de Loki, caso ele ainda estivesse ali dentro.

Kvásir, o mais sábio dos deuses, entrou pela primeira porta. Já estivera morto, e hidromel fora feito de seu sangue, mas agora estava vivo outra vez. Soube, pelo fogo aceso e pela taça de vinho pela metade ao lado da lareira, que Loki estivera ali momentos antes da chegada dos deuses.

Porém, não havia pista de seu possível paradeiro. Kvásir examinou o céu. Então baixou os olhos para o chão e a lareira.

– Ele foi embora, aquela doninha ardilosa – reclamou Thor, entrando por outra das quatro portas. – Pode ter se transformado em qualquer coisa. Nunca vamos encontrá-lo.

– Não seja precipitado – retrucou Kvásir. – Veja.

– São apenas cinzas – disse Thor.

– Mas note o padrão que formam – insistiu Kvásir.

Ele se abaixou, tocou as cinzas no chão ao lado do fogo, cheirou-as e as levou à boca.

– São as cinzas de uma corda que foi jogada no fogo e queimada. E a corda foi feita com aquele novelo de urtiga ali no canto.

Thor revirou os olhos.

– Duvido muito que as cinzas de uma corda queimada vão nos dizer o paradeiro de Loki.

– Será? Mas veja o padrão, losangos entrelaçados. E os quadrados são perfeitamente regulares.

– Kvásir, você está desperdiçando nosso tempo admirando as formas das cinzas. Isso é tolice. Cada momento que passamos olhando as cinzas é um momento a mais para Loki escapar.

– Talvez você tenha razão, Thor. Mas para fazer quadrados tão regulares na corda seria preciso algo para espaçá-los, como aquele pedaço de madeira no chão a seus pés. E seria preciso amarrar uma extremidade da corda a alguma coisa para tecê-la, como aquela vara que se projeta do chão, bem ali. Aí seria necessário dar nós, torcer e amarrar a corda, de modo que um só pedaço de fio formaria uma... Hum... Eu me pergunto qual nome Loki deu a esta invenção. Vou chamá-la de rede.

– Por que você continua falando essas besteiras? – indagou Thor. – Por que está observando cinzas, galhos e restos de madeira quando poderia estar perseguindo Loki? Kvásir! Enquanto você pensa e fala bobagem, ele está escapando!

– Acho que o melhor uso de uma rede como esta seria para pegar peixes – afirmou Kvásir.

– Não aguento mais você e suas tolices – reclamou Thor, com um suspiro. – Então essa coisa é usada para pegar peixes? Ora, bom para você. Loki devia estar com fome, então deve ter tentado pescar para comer. Loki inventa coisas. É o que ele faz. Ele sempre foi inteligente. Por isso o mantínhamos por perto.

– Você tem razão. Mas pergunte a si mesmo por quê, se fosse Loki, você inventaria algo para pegar peixes e depois jogaria sua criação no fogo quando descobrisse que estávamos chegando.

– Porque... – começou Thor, franzindo a testa e refletindo. Fazia um esforço tão grande que dava para ouvir um trovão distante acima das montanhas. – É...

– Exatamente. Porque você não ia querer que a encontrássemos. E a única razão para não querer isso é para impedir que nós, os deuses de Asgard, fizéssemos uso desta rede para aprisionar você.

Thor assentiu, hesitante.

– Entendo. – Então, depois de um tempo, disse: – É, acho que é isso mesmo. – E, um pouco depois: – Então Loki...

– ... está escondido na forma de um peixe no poço de águas profundas ao pé da cachoeira. Sim, exatamente! Eu sabia que você ia chegar lá, Thor.

Thor balançou a cabeça, animado, sem muita certeza de como chegara àquela conclusão vendo cinzas no chão, mas feliz por saber onde Loki estava escondido.

– Vou descer até o poço com meu martelo. E vou... Eu vou...

– Vamos precisar ir até lá com uma rede – interveio Kvásir, o deus sábio.

Kvásir pegou o que restava do fio de urtiga e o pedaço de madeira. Amarrou a extremidade do cordame à vara e começou a enrolar o fio em torno dela, tecendo-o de um lado para o outro e por dentro. Mostrou aos demais deuses o que estava fazendo, e logo todos estavam tecendo e dando nós. Uniu as redes que fizeram umas às outras, até terem uma rede tão grande quanto o poço, então tomaram o caminho até a beira da cascata na base da montanha.

Havia um córrego que saía do poço na parte onde ele transbordava. Esse córrego descia em direção ao mar.

Ao chegar à Franang, os deuses desenrolaram a rede que tinham feito. Era enorme e pesada, comprida o suficiente para ir de um lado a outro do poço. Foi preciso todos os guerreiros Aesir para segurar uma de suas extremidades, e Thor segurou a outra.

Os deuses começaram passando a rede de um lado do poço, logo embaixo da queda d'água, então foram avançando aos poucos até o outro lado. Não pegaram nada.

– Com certeza tem alguma coisa vivendo aí embaixo – disse Thor. – Eu senti quando a criatura fez força contra a rede. Mas ele nadou mais para o fundo, para dentro da lama, e a rede passou.

Kvásir coçou o queixo, pensativo.

– Precisamos fazer de novo, mas dessa vez vamos botar pesos no fundo da rede, para que nada possa passar por baixo dela.

Os deuses juntaram pedras pesadas com furos e amarraram cada uma à base da rede, como um peso, e entraram no poço outra vez.

Loki ficara satisfeito consigo mesmo na primeira vez que os deuses entraram em seu poço. Simplesmente nadara para baixo, para o fundo lamacento, e se enfiara entre duas pedras chatas para esperar enquanto a rede passava acima dele.

Mas estava preocupado. No escuro e no frio, pensou no que acontecera.

Não podia se transformar em mais nada até sair da água, e, mesmo que o fizesse, os deuses iriam atrás dele. Não: era mais seguro permanecer na forma de salmão. Mas, como salmão, estava cercado. Teria que fazer o que os deuses não estavam esperando. Os deuses esperariam que ele seguisse para o mar aberto, onde estaria em segurança, mesmo que fosse fácil capturá-lo no rio que levava do poço à baía.

Os deuses não esperariam que ele nadasse de volta por onde viera, correnteza acima. Os deuses puxaram a rede pelo fundo do poço.

Estavam atentos ao que acontecia nas profundezas, então foram tomados de surpresa quando um peixe maior que qualquer salmão que já tinham visto saltou por cima da rede com um movimento da cauda e começou a nadar rio acima. O salmão enorme subiu a cachoeira a nado, saltando e desafiando a gravidade como se tivesse sido jogado para o alto.

Kvásir gritou com os Aesir, ordenando que formassem dois grupos, um em cada extremidade da rede.

– Ele não vai ficar muito tempo na cachoeira. Fica exposto demais. Sua única chance é chegar ao mar. Então os dois grupos vão continuar arrastando a rede – instruiu Kvásir, o mais sábio dos deuses. – Enquanto isso, Thor, você vai caminhar pelo meio da água, e, quando Loki tentar outra vez aquele truque de saltar por cima da rede, você o agarra no ar como um urso pegando um salmão. Mas não o deixe escapar. Ele é traiçoeiro.

– Já vi ursos pegarem salmões pulando no ar – disse Thor. – Sou tão forte e tão rápido quanto qualquer urso. Vou conseguir.

Os deuses começaram a arrastar a rede rio acima, na direção do local onde o enorme salmão prateado aguardava pacientemente.

Loki tramava e planejava.

Conforme a rede se aproximava, ele soube que chegara o momento crítico. Tinha que saltar por cima dela como fizera antes, e dessa vez ia correr na direção do mar. Ficou tenso como uma mola prestes a se soltar, então se lançou no ar.

Thor foi rápido. Viu o salmão prateado brilhar ao sol e o agarrou com as mãos enormes, como um urso faminto. Salmões são peixes escorregadios, e Loki era o mais escorregadio dos salmões. Ele se debateu e tentou escapar através dos dedos de Thor, mas o deus apenas apertou com mais força e o segurou bem firme pelo rabo.

Dizem que, desde então, os salmões ficaram com corpos mais estreitos perto da cauda.

Os deuses trouxeram a rede e a envolveram bem em torno do peixe e o carregaram. O salmão começou a se afogar no ar, ávido por água, e então se debateu e se contorceu. Não demorou para eles estarem carregando um Loki ofegante.

– O que vocês estão fazendo? – perguntou ele. – Para onde estão me levando?

Thor simplesmente balançou a cabeça e grunhiu, mas não respondeu. Loki perguntou aos outros deuses, mas nenhum deles lhe disse o que estava acontecendo, e nenhum o olhava nos olhos.

Os deuses entraram em uma caverna e, com Loki amarrado entre eles, desceram para as profundezas da terra. Estalactites pendiam do teto, e morcegos agitavam as asas e voavam. Eles desceram mais. Logo o caminho ficou estreito para carregar Loki, então o deixaram caminhar entre eles. Thor ia imediatamente atrás, com a mão no ombro do traidor. Desceram por muito tempo.

Nas profundezas da caverna havia ferretes no fogo, e três pessoas esperavam por eles. Loki os reconheceu antes mesmo de ver seus rostos, e ficou arrasado.

– Não – pediu. – Não os machuque. Eles não fizeram nada de errado.

– Eles são seus filhos e sua esposa, Loki, forjador de mentiras – explicou Thor.

Havia três grandes pedras chatas naquela caverna. Os Aesir puseram as pedras de lado, e Thor pegou o martelo. Ele abriu um buraco no meio de cada pedra.

– Por favor, soltem nosso pai! – pediu Narvi, o filho mais velho de Loki e Sigyn.

– Ele é nosso pai – interveio Vali, o filho mais novo. – Vocês juraram que não iam matá-lo. Ele é irmão por jura de sangue de Odin, o mais alto dos deuses.

– Nós não vamos matá-lo – disse Kvásir. – Diga-me, Vali, qual a pior coisa que um irmão pode fazer com outro?

– Trair – respondeu Vali, sem hesitar. – Matar seu irmão, como Hod matou Balder. Isso é abominável.

– É verdade que Loki é irmão por jura de sangue dos deuses, e não podemos matá-lo – concordou Kvásir. – Mas não somos ligados a vocês, seus filhos, por nenhum juramento.

Kvásir disse aquelas palavras para Vali. Palavras de mudança, palavras de poder.

Vali perdeu a forma humana, dando lugar a um lobo com espuma manchando o focinho. A inteligência de Vali desaparecia de seus olhos amarelos, sendo substituída por fome, por raiva, por loucura. Ele olhou para os deuses, para Sigyn, que fora sua mãe, e então viu Narvi. Soltou um rosnado baixo e prolongado do fundo da garganta, e os pelos de seu pescoço se eriçaram.

Narvi deu um passo atrás, apenas um passo, e o lobo se lançou sobre ele.

Narvi era corajoso. Ele não gritou, nem mesmo quando o lobo que fora seu irmão o despedaçou, rasgando e abrindo sua garganta e espalhando suas entranhas pelo chão de pedra. O lobo que tinha sido Vali uivou uma vez,

um uivo alto e longo saindo de suas mandíbulas encharcadas de sangue. Em seguida saltou por cima da cabeça dos deuses e saiu correndo para a escuridão da caverna. Ele jamais tornaria a ser visto em Asgard, não até o fim de tudo.

Os deuses forçaram Loki a subir nas três pedras enormes. Puseram uma delas sob seus ombros, uma por baixo da cintura e a outra entre os joelhos. Pegaram as tripas esparramadas de Narvi e as enfiaram pelos buracos que tinham feito nas pedras, amarrando bem o pescoço e os ombros de Loki. Envolveram as entranhas de seu filho em torno de sua cintura e seus quadris, amarraram os joelhos e pernas tão firme que ele mal conseguia se mexer. Os deuses transformaram os intestinos do filho assassinado de Loki em correntes tão apertadas e tão fortes que podiam ser feitas de ferro.

Sigyn, esposa de Loki, assistiu ao marido ser amarrado com as entranhas de seu filho e nada disse. Ela chorava em silêncio pela dor do marido, pela morte e desonra dos filhos. Segurava uma tigela, embora ainda não soubesse por quê. Quando os deuses a levaram até ali, disseram a ela para ir à cozinha buscar a maior tigela que encontrasse.

Skadi, filha do falecido gigante Thiazi, esposa de Njord, dos belos pés, entrou na caverna. Ela carregava algo enorme nas mãos, algo que se remexia e contorcia. Ela se debruçou sobre Loki e pôs a criatura acima dele, envolvendo-a nas estalactites que pendiam do teto da caverna, de modo que a cabeça ficou logo acima da do deus da trapaça.

Era uma cobra de olhos frios. A língua movimentava-se com rapidez, as presas gotejavam veneno. A cobra sibilava, e uma gota de veneno pingou de sua boca no rosto de Loki, queimando seus olhos.

Ele gritou, retorcendo-se e debatendo-se de dor. Tentou sair do caminho, tirar a cabeça de baixo do veneno. Mas os grilhões que antes eram as tripas de seu próprio filho o prendiam com firmeza.

Um a um, os deuses deixaram o local, os rostos marcados por uma satisfação terrível. Logo, restou apenas Kvásir. Sigyn olhou para o marido amarrado e para o cadáver estripado do filho assassinado pelo lobo.

– O que você vai fazer comigo? – perguntou ela.

– Nada – respondeu o deus sábio. – Você não está sendo punida. Pode fazer o que quiser.

Então, ele deixou a caverna.

Outra gota do veneno da serpente caiu no rosto de Loki, que gritou e se contorceu, forçando os grilhões. A própria terra se moveu quando ele se debateu. Sigyn pegou a tigela e foi até o marido. Ela não disse nada – o que poderia dizer? –, mas ficou ao lado da cabeça de Loki, com lágrimas nos olhos, usando a tigela para pegar as gotas de veneno que caíam das presas da cobra.

Sigyn ainda aguarda ao lado da cabeça de Loki, como fez desde o primeiro dia, olhando fixamente para seu rosto belo e retorcido.

A tigela que ela segura se enche devagar, uma gota de cada vez, mas, com o tempo, fica cheia de veneno até a borda. É só então que Sigyn se afasta de Loki. Ela esvazia a tigela, e, enquanto está longe, o veneno da serpente cai no rosto e nos olhos de Loki. Ele tem convulsões, se agita, se move violentamente, se sacode, se torce e se retorce, a ponto de fazer a terra toda tremer.

Quando isso acontece, nós aqui, em Midgard, chamamos de terremoto.

Loki teria ficado ali, amarrado na escuridão sob a terra, com Sigyn a seu lado, segurando a tigela para coletar o veneno acima de seu rosto e sussurrando que o ama, até a chegada do Ragnarök, que trará o fim dos dias.

Isso aconteceu há muito tempo, quando os deuses ainda caminhavam pela terra. Foi há tanto tempo que as montanhas se desgastaram, e os lagos mais profundos se transformaram em terra seca.

Capítulo 7
O muro de Asgard

O construtor terminou de pôr a última leva de pedras no muro. No dia seguinte, o primeiro dia do verão, quando o sol estivesse se pondo, ele terminaria o muro e deixaria Asgard protegido por milênios.

CERTO DIA, ODIN CONCLUIU:

— Precisamos de um muro. Alto o bastante para que nenhum gigante do gelo consiga escalá-lo. E espesso o bastante para que nem o troll mais forte consiga derrubar.

– Construir um muro desses, tão alto e espesso, vai levar muitos anos – alegou Loki.

Odin assentiu.

– Mesmo assim precisamos de um muro.

No outro dia, um desconhecido chegou a Asgard. Era um homem grande, com trajes de ferreiro, e atrás dele vinha um cavalo arisco, um garanhão enorme e cinzento com um lombo largo.

– Soube que vocês precisam construir um. Posso construir esse muro , um muro tão alto que nem o gigante mais alto consiga escalá-lo, e tão largo que nem o troll mais forte consiga derrubá-lo. Meu trabalho será tão primoroso, empilhando pedra sobre pedra, que nem uma formiga vai se esgueirar através dele. Construirei um muro que resistirá durante mil milhares de anos.

– Um muro desses vai levar muito tempo para ser construído – comentou Loki.

– Muito pelo contrário – retrucou o estranho. – Consigo terminá-lo em apenas três estações. Amanhã é o primeiro dia do inverno. Eu só levaria um inverno, um verão e mais outro inverno para construir.

– E se você se dispusesse a fazer isso, o que desejaria como recompensa? – indagou Odin.

– Peço pouco, um pagamento justo pelo serviço que estou oferecendo. Apenas três coisas. Primeiro, gostaria da mão da bela deusa Freya em casamento.

– Isso não é pouco – retrucou Odin, o Pai de Todos. – E não vou me surpreender se Freya tiver a própria opinião a respeito dessa proposta. Quais são os outros dois pedidos?

O estranho abriu um sorriso arrogante.

– Se eu construir seu muro, quero a mão de Freya. E também quero o sol que brilha no céu durante o dia e a lua que nos dá luz à noite. Essas são as três coisas que os deuses me darão se eu construir o muro.

Os deuses olharam para Freya. Ela nada disse, mas comprimiu os lábios, e seu rosto ficou lívido de raiva. Em seu pescoço estava o colar Brisingamen, que brilhava feito as luzes da aurora boreal, e seu cabelo havia sido entrelaçado com ouro, que era quase tão brilhante quanto os fios.

– Espere lá fora – disse Odin para o estranho.

O homem saiu, mas não sem antes perguntar onde encontraria comida e água para seu garanhão, Svadilfari, que significa "o que tem uma jornada de infortúnios".

Odin esfregou a testa. Então se virou para todos os outros deuses e perguntou:

– O que acham?

Os deuses começaram a falar.

– Silêncio! – bradou Odin. – Um de cada vez!

Cada um dos deuses e deusas tinha sua opinião, e todos concordavam: Freya, o Sol e a Lua eram importantes e valiosos demais para serem cedidos a um estranho, mesmo que ele pudesse erguer o muro de que precisavam em apenas três estações.

Freya achava que o homem devia ser surrado pela impertinência e expulso de Asgard, para seguir com seu caminho.

– Então está decidido – anunciou Odin. – Nossa resposta é não.

Alguém pigarreou no canto do salão. Era o tipo de pigarro usado para chamar a atenção, e os deuses se viraram para ver quem se manifestara. Viram Loki, que os encarava de volta, sorrindo com um dedo erguido, como se tivesse algo importante a anunciar.

– Preciso salientar que vocês estão ignorando um ponto importantíssimo.

– Acho que não negligenciamos ponto algum, encrenqueiro dos deuses – retrucou Freya, com sarcasmo.

– O que vocês estão ignorando é que o que esse estranho está se propondo a fazer sem dúvida é impossível. Não há vivalma que possa construir uma muralha tão alta e tão grossa como a que ele descreveu em apenas dezoito meses. Gigante ou deus nenhum poderia completar esse feito, muito menos um mortal. Eu apostaria minha própria pele.

Todos os deuses assentiram, concordando com o comentário de Loki, resmungando e parecendo impressionados. Todos, menos Freya; ela parecia com raiva.

– Vocês são tolos – declarou a deusa. – Principalmente você, Loki, porque se acha esperto.

– O que ele alega poder fazer é impossível – retrucou Loki. – Então sugiro o seguinte: concordamos com as exigências e o preço, mas estabelecemos condições muito rígidas. Dizemos que ele não pode ter ajuda na construção e que, em vez de três estações para finalizar o muro, terá apenas uma. Se no primeiro dia de verão qualquer parte do muro estiver inacabada, e é óbvio que vai estar, então não pagaremos nada.

– E por que ele concordaria com nossas condições? – perguntou Heimdall.

– E o que nós ganharíamos com isso, se no fim vamos continuar sem muro?

– perguntou Frey, irmão de Freya.

Loki tentou conter a impaciência. Será que todos os deuses são tolos?, perguntouse. Então começou a explicar, como se todos no salão fossem criancinhas.

– O ferreiro vai começar a erguer o muro. Mas não vai terminar. Ele vai trabalhar por seis meses, sem receber nada, em uma tarefa impossível. Ao fim dos seis meses, vamos mandá-lo embora, talvez até mesmo surrá-lo, pela presunção. Mas aí poderemos usar o que ele já tiver construído como fundação e completar o muro nos próximos anos. Não há risco de perdermos Freya, muito menos o Sol e a Lua.

– E por que ele concordaria em construir tudo em uma única estação? – perguntou Tyr, o deus da guerra.

– Ele pode até não concordar – argumentou Loki —, mas parece ser um sujeito arrogante e seguro de si, do tipo que não recusa um bom desafio.

Todos os deuses resmungaram, deram tapinhas nas costas de Loki e disseram que ele era muito astuto, e como era bom um sujeito tão astuto estar do lado deles, pois conseguiriam negociar para que as fundações do muro fossem construídas a troco de nada. Os deuses se parabenizaram pela sua inteligência e habilidade de barganha.

Freya nada disse. Ela remexia no colar de luz, Brisingamen. Era o mesmo colar que Loki roubara assumindo a forma de uma foca enquanto ela tomava banho – e Heimdall também assumira forma de foca para lutar contra Loki e obrigá-lo a devolvê-lo. Freya não confiava em Loki. E não gostou nada de como aquela conversa tinha terminado.

Os deuses chamaram o construtor de volta ao salão.

Ele olhou para os deuses a sua volta. Todos pareciam de bom humor, rindo, se cutucando e sorrindo. Freya, entretanto, estava séria.

– E então? – perguntou o construtor.

– Você pediu três estações – disse Loki. – Mas vamos lhe conceder uma estação, e apenas uma. Amanhã é o primeiro dia de inverno. Se você não tiver terminado o muro no primeiro dia de verão, vai embora daqui sem nenhum pagamento. Mas, se tiver terminado de construir um muro tão alto, espesso e inexpugnável quanto concordamos, vai receber tudo que pediu: a Lua, o Sol e a mão da bela Freya. Porém, você não pode ter ajuda de ninguém na construção do muro: deve fazê-lo sozinho.

O estranho passou alguns segundos em silêncio. Com uma expressão contemplativa, ele avaliava as palavras e condições de Loki. Por fim, olhou para os deuses e deu de ombros.

– Vocês disseram que não posso ter ajuda. Mas eu gostaria que meu cavalo, Svadilfari, me ajudasse a trazer para cá as pedras que vou usar para erguer o muro. Acredito que não seja um pedido absurdo.

– Não é – concordou Odin, e os outros deuses assentiram e comentaram uns com os outros como cavalos eram bons para transportar pedras pesadas.

Juramentos foram feitos, e do tipo mais poderoso que existe, no qual nenhum dos lados pode trair o outro. Juraram sobre suas armas; juraram sobre Draupnir, o bracelete de ouro de Odin; e juraram sobre Gungnir, a lança de Odin. E um juramento feito sobre Gungnir era inquebrável.

Na manhã seguinte, ao amanhecer, os deuses pararam para ver o homem trabalhar. O sujeito cuspiu nas mãos e começou a cavar o fosso onde colocaria as primeiras pedras.

– Ele cava fundo – comentou Heimdall.

– E cava rápido – constatou Frey, irmão de Freya.

– Bem, é verdade que ele é um excelente escavador de fossos e valas – concordou Loki, mal-humorado. – Mas imaginem quantas pedras ele terá que trazer até aqui, lá das montanhas. Cavar um fosso é uma coisa. Transportar pedras por vários quilômetros sem ajuda e empilhá-las uma sobre a outra de um jeito tão bem encaixado que nem uma formiga consiga passar entre elas, em uma construção tão alta que nem o mais alto dos gigantes consiga passar, é outra bem diferente.

Freya olhou enojada para Loki, mas nada disse.

Quando o sol se pôs, o construtor montou em seu cavalo e partiu para as montanhas a fim de recolher as primeiras pedras. O cavalo levava um trenó de carga vazio atrás de si, que ia arrastando na terra macia. Os deuses os observaram partir. A lua estava alta e pálida no céu do primeiro dia de inverno.

– Ele vai voltar daqui a uma semana – previu Loki. – Quero ver quantas pedras seu cavalo pode carregar. Parece ser um animal forte.

Os deuses foram para o salão de banquetes, onde houve muita alegria e risos, mas Freya não ria.

Nevou antes do amanhecer, flocos de neve frágeis, um prenúncio da nevasca intensa do inverno que tinham pela frente.

Heimdall, que via tudo que se aproximava de Asgard, sem nada deixar passar, despertou os deuses ainda no escuro. Todos se reuniram diante da vala que o estranho cavara no dia anterior. Sob a luz que surgia pouco a pouco, os deuses viram o construtor ao lado de seu cavalo, ambos caminhando na direção de Asgard.

O cavalo arrastava uma pilha de blocos de granito tão pesados que criavam sulcos profundos na terra negra.

Quando o construtor viu os deuses, acenou alegremente e lhes desejou um ótimo dia. Ele apontou para o sol nascente e deu uma piscadela. Então desatrelou o cavalo do trenó e o deixou pastar enquanto carregava o primeiro bloco de granito para a vala destinada a abrigá-lo.

– O cavalo é mesmo forte – constatou Balder, o mais belo de todos os Aesir.

– Nenhum cavalo normal conseguiria arrastar rochas tão pesadas.

– É mais forte do que pensávamos – concordou Kvásir, o Sábio.

– Ah! – retrucou Loki. – Não vai demorar para o cavalo se cansar. Esse foi só o primeiro dia de trabalho. O animal não vai conseguir arrastar tantas pedras todas as noites. E o inverno está chegando. A neve vai se acumular e ficará espessa, haverá nevascas cegantes, e o caminho para as montanhas ficará mais difícil. Não há nada com que se preocupar. Tudo está seguindo de acordo com o plano.

– Odeio muito você – declarou Freya, de cara fechada ao lado de Loki.

A deusa voltou caminhando para Asgard sob a luz do amanhecer, pois não queria ficar para ver o estranho construir as fundações do muro.

Toda noite, construtor e cavalo partiam para as montanhas levando o trenó. Toda manhã, eles retornavam com o cavalo arrastando mais vinte blocos de granito, cada bloco maior que o homem mais alto.

A cada dia o muro crescia, e a cada anoitecer parecia maior e mais imponente do que antes.

Odin convocou os deuses.

– O muro está subindo rápido – anunciou. – E fizemos um juramento inquebrável, um juramento sobre o bracelete e um juramento sobre a lança. Juramos que, se ele terminar de construir o muro a tempo, vamos dar a ele o Sol, a Lua e a mão da bela Freya em casamento.

– Homem nenhum pode fazer o que esse mestre construtor está fazendo – disse Kvásir, o Sábio. – Desconfio que ele não seja um homem.

– Um gigante, quem sabe – sugeriu Odin.

– Se ao menos Thor estivesse aqui – comentou Balder, com um suspiro.

– Thor está martelando trolls no leste – retrucou o Pai de Todos. – E, mesmo que estivesse prestes a retornar, os juramentos são poderosos e nos deixam de mãos atadas.

Loki tentou tranquilizá-los.

– Estamos agindo como velhas, nos preocupando à toa. O construtor não tem como terminar o muro antes do primeiro dia de verão, mesmo que seja o gigante mais poderoso que já existiu. É impossível.

– Queria que Thor estivesse aqui conosco – comentou Heimdall. – Ele saberia o que fazer.

A neve caiu, mas nem mesmo a neve espessa deteve o construtor ou reduziu a velocidade do cavalo, Svadilfari. O garanhão cinza puxava o trenó com enormes pilhas de pedra, atravessando montes de neve e nevascas, subindo e descendo colinas íngremes, adentrando desfiladeiros congelados.

Os dias foram ficando mais longos.

O amanhecer chegava mais cedo a cada manhã. A neve começou a derreter, e a lama que sobrava era grossa e pesada, o tipo de lama na qual as botas afundavam.

– De jeito nenhum o cavalo vai conseguir arrastar essas pedras pela lama – constatou Loki. – O trenó vai afundar, e o bicho vai perder o equilíbrio.

Mas Svadilfari era implacável, com passos firmes mesmo na lama mais grossa e úmida, e levou as pedras para Asgard, apesar de o trenó de carga estar tão pesado que abria sulcos profundos nas encostas dos morros. Agora o construtor erguia as pedras por dezenas de metros para assentá-las, bloco a bloco, em seu lugar.

A lama secou, e as flores da primavera brotaram, uma profusão de tussilagens amarelas e anêmonas brancas despontando, e o muro ao redor de Asgard aos poucos se tornava uma coisa gloriosa, impossível. Quando estivesse terminado, seria inexpugnável: nenhum gigante ou troll, anão ou mortal, seria capaz de transpor sua proteção. E o estranho continuava trabalhando com o bom humor de sempre. Não parecia se importar se chovia ou nevava, nem seu cavalo. A cada manhã, os dois traziam pedras das montanhas, e a cada dia o construtor assentava os blocos de granito em camadas cada vez mais altas.

Era o último dia de inverno, e o muro estava praticamente pronto.

Os deuses sentaram em seus tronos, em Asgard, e conversaram.

– O Sol – constatou Balder. – Nós abrimos mão do Sol.

– Nós pusemos a Lua no céu para marcar os dias e as semanas do ano – comentou Bragi, o deus da poesia, melancólico. – Agora não haverá mais Lua.

– E Freya, o que será de nós sem Freya? – perguntou Tyr.

– Se o construtor for mesmo um gigante – disse Freya, com gelo na voz —, eu me casarei com ele e irei para Jötunheim. Será muito interessante descobrir quem odeio mais: se ele, que me levou embora, ou se todos vocês, que prometeram minha mão em casamento.

– Ora, não fique assim... – começou Loki, mas Freya o interrompeu:

– Se esse gigante me levar junto com o Sol e a Lua, só tenho um pedido aos deuses de Asgard.

– Peça o que quiser – disse Odin, o Pai de Todos, que não se pronunciara até então.

– Gostaria que o responsável por esta calamidade fosse morto antes da minha partida – anunciou Freya. – É apenas justo. Se eu tiver que ir para a terra dos gigantes do gelo, se a Lua e o Sol forem tirados de nós, e o mundo for mergulhado em escuridão eterna, então a vida daquele que nos levou a isso deve ter um fim.

– Ah... – interveio Loki. – Mas apontar culpados é difícil em uma situação como esta. Quem consegue lembrar exatamente quem sugeriu o quê? Se não me falha a memória, todos os deuses compartilham igualmente a culpa por este erro desafortunado. Todos nós sugerimos, todos nós concordamos...

– Você sugeriu – disse Freya. – Você convenceu esses tolos a isso. E quero vê-lo morto antes de deixar Asgard.

– Mas todos nós... – começou Loki, então notou a expressão nos rostos de todos os deuses no salão e ficou em silêncio.

– Loki, filho de Laufey – anunciou Odin. – Isto é resultado de seu péssimo conselho.

– Que foi tão ruim quanto todos os outros conselhos – acrescentou Balder.

Loki lhe lançou um olhar ressentido.

– Precisamos que o construtor perca a aposta – constatou Odin. – E sem violar o juramento. Ele deve fracassar.

– Não sei o que você espera que eu faça a esse respeito – retrucou o deus da trapaça.

– Não espero nada de você, Loki – declarou Odin. – Mas se o construtor for bem-sucedido e terminar o muro até o fim do dia de amanhã, sua morte será lenta e dolorosa, além de indigna e vergonhosa.

Loki olhava de um deus para outro, vendo em cada um dos rostos a própria morte, vendo raiva e ressentimento. Não via piedade ou perdão.

Seria mesmo uma morte indigna. Mas quais eram as alternativas? O que ele podia fazer? Não ousava atacar o construtor. Por outro lado... Loki assentiu.

– Vou dar um jeito nisso.

Ele deixou o salão, e nenhum dos deuses tentou impedi-lo.

O construtor terminou de pôr a última leva de pedras no muro. No dia seguinte, o primeiro dia do verão, quando o sol estivesse se pondo, ele terminaria o muro e deixaria Asgard com seus prêmios. Restavam apenas vinte blocos de granito. Ele desceu pelos rústicos andaimes de madeira e assoviou para chamar o cavalo.

Svadilfari estava pastando, como de costume, na grama alta nos limites da floresta, a pouco menos de um quilômetro do muro, mas sempre vinha quando o mestre assoviava.

O construtor agarrou as cordas do trenó vazio e se preparou para atrelá-las ao grande garanhão cinza. O sol estava baixo no céu, mas ainda demoraria várias horas até o anoitecer, e a lua parecia pálida, mas também estava ali, bem alta no céu. Logo os dois seriam dele, a maior e a menor luz, assim como Freya, ainda mais bela que o Sol e a Lua. Mas o construtor não cantaria vitória antes da hora. Tinha trabalhado tão duro e por tanto tempo, durante todo o inverno...

Ele assoviou outra vez para o cavalo. Estranho: nunca precisara assoviar duas vezes. Via Svadilfari sacudindo a cabeça, quase empinando em meio às flores silvestres da campina primaveril. O cavalo dava um passo para a frente, depois um passo para trás, como se pudesse sentir um aroma sedutor no ar morno da tarde de primavera, mas não conseguisse identificar que cheiro era aquele.

– Svadilfari! – chamou o construtor, e o garanhão ergueu as orelhas e seguiu a galope constante pela campina.

O homem observou, satisfeito, o cavalo seguir em sua direção. O bater dos cascos na terra soava pela campina, dobrando e redobrando-se com os ecos que se propagavam do grande muro de granito, fazendo com que, por um instante, o construtor imaginasse que uma cavalaria inteira avançava em sua direção. Não, pensou o construtor, é apenas um cavalo.

Ele balançou a cabeça, percebendo seu erro. Não era um cavalo. Não era apenas um conjunto de cascos. Eram dois...

O outro cavalo era uma égua castanha. Ele a reconheceu como uma égua imediatamente, nem precisou olhar entre suas pernas. Cada linha, cada centímetro de torso, tudo naquele animal era feminino. Svadilfari deu meia-volta, correndo pela campina, então reduziu a velocidade, empinou e relinchou alto.

A égua o ignorou. Parou de correr como se ele não estivesse ali, então baixou a cabeça e pareceu pastar enquanto Svadilfari se aproximava. Mas, quando o garanhão estava a cerca de dez metros, a égua começou a correr, um trote que se transformou em galope; e o cavalo cinza foi atrás, tentando alcançá-la, sempre com um ou dois corpos de desvantagem, tentando mordiscar seu traseiro e sua cauda, e sempre errando.

Eles correram juntos pela campina à luz suave do fim da tarde, o garanhão cinza e a égua castanha, o suor reluzindo em seus flancos. Era quase uma dança.

O construtor bateu palmas alto, assoviou e chamou o nome de Svadilfari, mas foi ignorado. Então o homem saiu correndo, querendo agarrar o cavalo e fazê-lo voltar à razão, mas a égua parecia saber o que ele pretendia: ela reduziu a velocidade e esfregou as orelhas e a crina contra a cabeça do garanhão, então correu para a orla da floresta como se lobos estivessem em seu encalço.

Svadilfari foi atrás dela, e em questão de segundos os dois desapareceram em meio às sombras da mata.

O construtor praguejou e cuspiu, e ficou esperando o cavalo retornar.

As sombras se alongaram, e Svadilfari não voltou.

O construtor voltou para o trenó de carga. Olhou para o interior da floresta. Então cuspiu nas mãos, segurou as cordas e começou a puxar o trenó pela campina coberta de capim e flores da primavera, encaminhando-se para a pedreira nas montanhas.

Ele não retornou ao amanhecer. O sol já estava alto no céu quando chegou a Asgard, arrastando o trenó de carga atrás de si.

Tinha dez blocos de pedra no trenó, tudo que aguentava carregar, e ele puxava e arrastava a carga, amaldiçoando as pedras. Mas a cada passo ficava mais perto do muro.

A bela Freya estava parada junto ao portão, observando o homem.

– Você só tem dez blocos de pedra – disse a deusa. – E precisa do dobro para terminar o muro.

O construtor não respondeu. Continuou puxando os blocos na direção do muro inacabado, implacável, o rosto inexpressivo. Não havia sorrisos nem piscadelas... não mais.

– Thor está voltando do leste – comentou Freya. – Ele vai chegar em breve.

Os deuses de Asgard foram ver o construtor, que puxava as pedras na direção do muro. Eles pararam ao lado de Freya, de forma protetora.

Ficaram em silêncio por um tempo, depois começaram a rir e a sorrir, fazendo perguntas.

– Ei! – gritou Balder. – Você só vai levar o Sol se terminar esse muro. Acha mesmo que vai conseguir levar o Sol para casa com você?

– E a lua – disse Bragi. – É uma pena que seu cavalo não esteja aqui. Ele podia ter carregado todas as pedras de que você precisa.

E os deuses riram.

O construtor soltou o trenó e encarou os deuses.

– Vocês trapacearam! – reclamou, e seu rosto estava rubro de esforço e de raiva.

– Nós não trapaceamos – retrucou Odin. – Não mais do que você. Acha que teríamos deixado que construísse o muro se soubéssemos que é um gigante?

O construtor agarrou um bloco de granito com uma das mãos e o bateu contra outro, partindo a pedra em duas. Ele se voltou para os deuses com metade da rocha em cada mão, e agora tinha dez, quinze, vinte metros de altura. Seu rosto mudou: ele não era mais o estranho que chegara a Asgard uma estação antes, plácido e bem-humorado. Seu rosto parecia a encosta de granito de um despenhadeiro, retorcida e esculpida pela raiva e pelo ódio.

– Sou um gigante das montanhas – anunciou o construtor. – E vocês, deuses, não passam de trapaceiros vis e quebradores de juramentos. Se eu ainda tivesse meu cavalo, teria terminado de construir o muro. Estaria levando a linda Freya e o Sol e a Lua como meus prêmios. E deixaria o restante de vocês aqui, na escuridão e no frio, sem nem mesmo a beleza para animá-los.

– Nenhum juramento foi quebrado – retrucou Odin. – Mas nenhum juramento pode protegê-lo de nós agora.

O gigante das montanhas urrou de raiva e avançou na direção dos deuses, carregando um grande pedaço de granito em cada mão, como se fossem clavas.

Os deuses abriram caminho, e só então o gigante viu quem estava atrás deles. Um deus enorme e musculoso de barba ruiva, com luvas de ferro, segurando um martelo também de ferro, que ele girou uma vez. O homem ruivo apontou o martelo para o gigante e soltou.

Houve um clarão de relâmpago nos céus claros, seguido pelo estrondo abafado de trovão, quando o martelo deixou a mão de Thor.

O gigante das montanhas viu a arma se aproximar depressa enquanto disparava em sua direção, e então não viu mais nada... nunca mais.

Os próprios deuses terminaram de construir o muro, embora tenham levado mais dez semanas para cortar e extrair os últimos dez blocos das pedreiras de granito no alto das montanhas, levá-los até Asgard e colocá-los no lugar, no portão. Não eram tão bem-feitos, nem ficaram tão bem encaixados quanto os blocos que o mestre construtor produzira e assentara.

Alguns deuses se arrependeram de ter deixado Thor matar o gigante antes que ele terminasse de empilhar os blocos. O deus do trovão agradeceu aos outros deuses por terem planejado uma boa diversão para quando ele retornasse.

Estranhamente, pois não era de seu feitio, Loki não estava por perto para ser elogiado por ter distraído Svadilfari com sucesso. Ninguém sabia onde ele estava, embora houvesse boatos de que uma égua castanha magnífica tinha sido vista nas campinas sob Asgard. Loki ficou ausente pela maior parte de um ano e, quando voltou, estava acompanhado de um potro cinza.

Era um belo potro, embora tivesse oito patas em vez das costumeiras quatro. Ele seguia Loki aonde quer que ele fosse, o acariciava com o focinho e o tratava como se fosse sua mãe. O que, é claro, era o caso.

O potro, batizado de Sleipnir, cresceu e se tornou um grande garanhão cinza, o cavalo mais veloz e mais forte que já existiu ou existirá, um cavalo capaz de correr mais rápido que o vento.

Loki presenteou Odin com Sleipnir, o melhor cavalo entre deuses e homens.

Muitas pessoas admiravam o cavalo de Odin, mas apenas um homem corajoso mencionaria sua linhagem na presença de Loki, e ninguém nunca ousou fazer isso mais de uma vez. Loki faria tudo a seu alcance para tornar um inferno a vida de quem quer que comentasse sobre como ele atraiu Svadilfari para longe de seu mestre e resgatou os deuses de sua própria má ideia. Loki acalentava seus ressentimentos.

Capítulo 8

Hidromel

Hidromel é uma bebida que traz o dom da inspiração, da poesia e da sabedoria transformando os que provam esse elixir em inspirados poetas ou contadores de histórias.

Hidromel é considerada a bebida mais antiga do mundo. Conhecida também com néctar dos deuses, é um fermentado preparado com água e mel. Seu consumo anda em moda nos dias atuais, em pleno século XXI em muitos lugares do mundo, inclusive no Brasil, onde existe uma produção em pequena escala e comercialização do produto.

Alguns estudiosos de etimologia garantem que o termo lua de mel veio do costume de se consumir hidromel após o casamento. O pai da noiva oferecia um volume suficiente da bebida mágica para o casal tomar durante 28 dias, um ciclo lunar completo. Acreditavam que ajudaria na fecundidade, na geração do primeiro filho.

Segundo a mitologia nórdica, tudo começou após uma guerra entre os Aesir e os Vanir (duas facções de deuses nórdicos). Eles se reuniram para firmar a paz, e, depois de concluídas as negociações, marcaram a trégua com cada um dos Aesir e dos Vanir cuspindo em uma tina. A saliva se misturava, e o acordo era selado.

Em seguida, os deuses de Asgard fizeram um banquete. Comeram, beberam hidromel e festejaram, contando piadas, conversando, se vangloriando e rindo enquanto as fogueiras se reduziam a carvões reluzentes. A festança durou até o sol surgir no horizonte, e quando os Aesir e os Vanir se levantaram para ir embora, Odin falou:

– Seria uma pena deixar nossas salivas misturadas para trás.

Frey e Freya, irmão e irmã, eram os líderes dos Vanir e, pelos termos do acordo de trégua, passariam a morar com os Aesir em Asgard. Eles concordaram.

– Poderíamos transformá-la em alguma coisa – propôs Frey.

– Deveríamos criar um homem – sugeriu Freya, enfiando a mão na tina.

A saliva se transformou, tomando forma com o movimento dos

dedos de Freya, e, em pouco tempo, um homem desnudo estava de pé diante dos deuses.

– Você é Kvásir – anunciou Odin. – Sabe quem eu sou?

– Você é Odin, o supremo – respondeu Kvásir. – Você é Grímnir, e é o Terceiro. Você tem outros nomes, são muitos para listar, mas conheço todos. E também conheço os poemas, os cânticos e os kennings que os acompanham.

Kvásir, criado a partir da união dos Aesir com os Vanir, era o mais sábio dos deuses: combinava cabeça e coração. Os deuses brigavam entre si para serem os próximos a lhe fazer perguntas, e suas respostas eram sempre sensatas. Kvásir analisava com atenção e interpretava corretamente o que ouvia.

Após um tempo, ele se dirigiu aos deuses e anunciou:

– Vou viajar. Vou visitar os nove mundos, conhecer Midgard. Há perguntas que precisam de respostas, mas que ainda não foram feitas.

– Mas você voltará para nós? – perguntaram os deuses.

– Voltarei – respondeu Kvásir. – Afinal, ainda há o mistério da rede, que um dia terá que ser desvendado.

– O mistério do quê? – perguntou Thor.

Kvásir apenas sorriu e se afastou dos deuses, deixando-os intrigados. Ele vestiu o manto de viagem e deixou Asgard pela ponte arco-íris. Ele foi de cidade em cidade, de aldeia em aldeia. Conheceu todo tipo de gente, tratava bem a todos e respondia suas perguntas. E todo lugar se beneficiou com a presença de Kvásir.

Dois elfos negros que viviam em uma fortaleza à beira-mar faziam mágica e feitos de alquimia. Como todos os anões, eles criavam coisas em sua oficina e em sua forja. Mas havia muitas coisas que ainda não tinham criado, e os dois eram obcecados pela ideia de criá-las. Os anões eram irmãos, e se chamavam Fjalar e Galar.

Quando souberam que Kvásir estava visitando uma cidade próxima, os dois saíram para encontrá-lo. Fjalar e Galar encontraram Kvásir no grande salão, respondendo as perguntas dos moradores da cidade, impressionando a todos que ouviam. Ele ensinou como purificar a água e como tecer roupas com urtigas. Revelou a uma mulher quem roubara sua faca e por quê. Quando terminara de falar e de comer a refeição oferecida pelos moradores, os anões se aproximaram. – Temos uma pergunta que nunca lhe fizeram antes – disseram os irmãos.

– Mas é uma que deve ser feita em particular. Pode vir conosco?

– Eu vou – concordou Kvásir.

Os três caminharam até a fortaleza. As gaivotas gritavam, e as sombrias nuvens cinzentas eram do mesmo tom das ondas. Os anões levaram Kvásir para sua oficina, nas profundezas da fortaleza.

– O que são essas coisas? – perguntou Kvásir.

– São tonéis. Eles se chamam Son e Bodn.

– Entendo. E o que é aquilo ali?

– Como pode ser tão sábio se não conhece essas coisas? É uma caldeira. Nós a chamamos de Odrerir, a provocadora de êxtases.

– E aqui vejo baldes de mel que vocês colheram. Estão destampados, e o mel é líquido.

– Isso mesmo – concordou Fjalar.

Galar franziu a testa.

– Se você fosse tão sábio quanto dizem, saberia nossa pergunta antes mesmo que a perguntássemos. E saberia o que planejamos fazer com essas coisas.

Kvásir assentiu, resignado.

– Ao que me parece, sendo vocês ao mesmo tempo inteligentes e malignos, os dois talvez tenham decidido matar seu visitante e deixar o sangue dele escorrer para os tonéis Son e Bodn. Então vão aquecer o sangue aos poucos na caldeira, Odrerir. Depois, vão adicionar mel recém-extraído à mistura e deixá-la fermentar até se transformar em hidromel. Seria o melhor hidromel já criado, uma bebida capaz de intoxicar quem quer que a prove, mas também capaz de dar o dom da poesia e da sabedoria a quem a bebe.

– Nós somos mesmo inteligentes – admitiu Galar. – E deve haver quem nos considere malignos.

E, com isso, cortou a garganta de Kvásir. Os irmãos penduraram Kvásir pelos pés acima dos tonéis e drenaram até a última gota de seu sangue. Eles aqueceram o sangue e o mel na caldeira Odrerir e fizeram outras coisas de sua própria invenção. Acrescentaram frutinhas silvestres e mexeram com uma vara. A mistura borbulhou, então parou de borbulhar, e os dois a provaram e riram. Os anões encontraram dentro de si o verso e a poesia que jamais tinham conseguido expressar.

Os deuses apareceram na manhã seguinte.

– Kvásir foi visto pela última vez na sua companhia – explicaram.

– É verdade – responderam os irmãos. – Ele veio para cá conosco, mas, quando percebeu que somos apenas anões tolos e desprovidos de sabedoria, se engasgou com o próprio conhecimento. Se tivéssemos conseguido lhe fazer perguntas...

– Ele morreu?

– Sim – responderam Fjalar e Galar, e entregaram aos deuses o corpo exangue de Kvásir.

Ele seria levado de volta a Asgard para ter o funeral de um deus e talvez (porque os deuses não são como os outros, e a morte deles nem sempre é permanente) para reviver como um deus.

Foi assim que os anões inventaram o hidromel da sabedoria e da poesia, e quem desejasse prová-lo precisava implorar a eles por um gole. Mas Galar e Fjalar só davam o hidromel para quem gostavam, e não gostavam de ninguém além de si mesmos.

Ainda assim, havia aqueles com quem os dois tinham dívidas. O gigante Gilling e sua esposa, por exemplo. Os anões os convidaram a visitar a fortaleza, e a visita aconteceu em um dia de inverno.

– Vamos passear no nosso barco – sugeriram os anões.

O peso de Gilling fazia o barco navegar bem baixo na água, e as remadas dos anões os conduziram a uma área com rochas sob a superfície. Em todas as viagens anteriores o barco flutuara serenamente acima das pedras. Mas não dessa vez. O casco colidiu nas pedras e o barco virou, jogando o gigante no mar.

– Nade de volta para o barco! – gritaram os irmãos.

– Eu não sei nadar! – respondeu o gigante, e foi a última coisa que disse, pois uma onda encheu sua boca aberta de água salgada, sua cabeça bateu nas rochas, e, em instantes, ele afundou e sumiu de vista.

Fjalar e Galar desviraram o barco e voltaram para casa.

A esposa de Gilling esperava por eles.

– Onde está meu marido?

– Gilling? – indagou Galar. – Ah, ele morreu.

– Se afogou – acrescentou Fjalar, prestativo.

Ouvindo isso, a esposa do gigante gritou e chorou como se alguém estivesse arrancando sua alma. Ela gritou pelo marido morto e jurou que o amaria para sempre, e ela berrou, gemeu e chorou.

– Quieta! – ralhou Galar. – Seu choro e seus gemidos machucam meus ouvidos. São altos demais! Espero que seja porque você é uma gigante.

Mas a mulher só fez chorar mais alto.

– Calma – pediu Fjalar. – Você se sentiria melhor se lhe mostrássemos o lugar onde seu marido morreu?

A gigante fungou e assentiu, então chorou, gemeu e lamentou a morte do marido, que nunca voltaria para ela.

– Fique parada ali que vamos apontar o lugar para você – instruiu Fjalar, mostrando exatamente onde a gigante devia ficar, explicando que ela precisava passar pelo portal e ficar próxima à muralha da fortaleza. E balançou a cabeça para o irmão, que subiu correndo para o alto da muralha.

Enquanto a esposa de Gilling atravessava o portal, Galar jogou um pedregulho em sua cabeça. A gigante caiu, o crânio esmagado.

– Bom trabalho – elogiou Fjalar. – Eu já estava cansado daquela barulheira horrível.

Os dois empurraram o corpo sem vida da gigante para o mar. Os dedos das ondas cinzentas arrastaram o corpo para longe da fortaleza, e a esposa de Gilling e Gilling se reuniram após a morte.

Os anões deram de ombros, se julgando extremamente espertos em sua fortaleza junto ao mar.

Eles bebiam o hidromel da poesia toda noite, então declamavam belos e grandiosos versos um para o outro e criavam narrativas épicas sobre a morte de Gilling e de sua esposa, que declamavam do alto da fortaleza. No fim de cada noite, dormiam um sono pesado e acordavam onde tinham se sentado ou caído na noite anterior.

Certo dia, os dois acordaram como sempre, mas não despertaram na fortaleza.

Acordaram no fundo do barco, e um gigante que eles não reconheceram remava por entre as ondas. O céu estava escuro, com nuvens de tempestade, e o mar era negro. As ondas eram altas e fortes, e água salgada respingava pelas laterais do barco dos anões, encharcando-os.

– Quem é você? – perguntaram os irmãos.

– Eu sou Suttung – respondeu o Gigante. – Ouvi dizer que vocês andam se gabando para o vento, para as ondas e para todo o mundo de terem matado meu pai e minha mãe.

– Ah – disse Galar. – E isso explica por que estamos amarrados?

– Explica.

– Talvez você esteja nos levando para um lugar glorioso – sugeriu Fjalar, esperançoso. – Onde vai nos desamarrar, e lá comeremos e beberemos e riremos juntos. Então vamos nos tornar melhores amigos.

– Acho que não – retrucou Suttung.

A maré estava baixa. Rochas se projetavam acima da água. Eram as mesmas rochas nas quais, na maré alta, o barco dos anões virara, o local onde Gilling se afogara. Suttung agarrou os anões, tirando-os do fundo do barco, e os largou sobre as rochas.

– Na maré alta, o mar cobrirá estas rochas – disse Fjalar. – Nossas mãos estão amarradas às costas. Não podemos nadar. Se você nos deixar aqui, com certeza vamos nos afogar.

– E essa é a intenção – explicou Suttung, sorrindo pela primeira vez. – E, enquanto vocês se afogam, vou ficar aqui sentado, em seu barco, e assistir ao mar levar os dois. Aí voltarei para Jötunheim e contarei a meu irmão, Baugi, e a minha filha, Gunnlod, como foi que vocês morreram. E nós três vamos ficar satisfeitos, pois minha mãe e meu pai serão vingados. A maré começou a subir. Cobriu os pés dos anões, depois chegou aos umbigos. Em pouco tempo, suas barbas flutuavam na espuma, e havia pânico em seus olhos.

– Piedade! – imploraram.

– Piedade igual à que vocês tiveram por minha mãe e meu pai?

– Vamos compensá-lo pelas mortes! Vamos compensá-lo! Podemos pagar.

– Acho que vocês, anões, não possuem nada que poderia compensar a morte de meus pais. Sou um gigante rico. Tenho muitos servos em minha fortaleza nas montanhas, e tenho todas as riquezas com que posso sonhar. Tenho ouro, e tenho pedras preciosas, e ferro suficiente para fazer mil espadas. Sou versado em magia. O que vocês poderiam me dar que eu já não tenha?

Os anões nada responderam.

As ondas continuaram a subir.

– Nós temos hidromel, temos o hidromel da poesia! – disparou Galar, desesperado, quando a água roçou seus lábios.

– Feito com o sangue de Kvásir, o mais sábio de todos os deuses! – gritou Fjalar. – São dois tonéis e uma caldeira, cheios dele! Ninguém tem isso, só nós, ninguém no mundo inteiro!

Suttung coçou a cabeça.

– Preciso pensar a respeito. Tenho que meditar. Tenho que refletir.

– Não há tempo para pensar! Se você pensar, nós dois vamos nos afogar! – gritou Fjalar, acima do rugido das ondas.

A maré subia mais e mais. Ondas quebravam na cabeça dos anões, impedindoos de respirar, e os dois já estavam com os olhos arregalados de medo quando o gigante Suttung estendeu a mão e puxou, primeiro Fjalar, depois Galar, da água.

– O hidromel da poesia será uma compensação adequada. É um preço justo, se incluírem mais algumas coisas, e tenho certeza de que vocês, anões, têm mais algumas coisas para incluir. Pouparei suas vidas.

O gigante os jogou, ainda amarrados e encharcados, no fundo do barco. Os dois se remexeram, desconfortáveis, como duas lagostas barbadas, enquanto Suttung remava de volta à praia.

Suttung tomou para si o hidromel que os anões tinham feito com o sangue de Kvásir. E tomou outras coisas, também, deixando para trás aquele lugar e aqueles anões; que ficaram, considerando tudo, bem felizes por terem escapado com vida.

Fjalar e Galar contavam a todos que passavam por sua fortaleza a história de como tinham sido maltratados por Suttung. Contaram no mercado, logo que foram negociar. Contaram quando os corvos estavam por perto.

Em Asgard, Odin estava sentado em seu grande trono quando seus corvos, Hugin e Munin, sussurraram-lhe tudo o que tinham visto e ouvido enquanto viajavam pelo mundo. O único olho de Odin brilhou quando ele ouviu a história do hidromel de Suttung.

Todos que ouviram a história chamavam o hidromel da poesia de "barco dos anões", pois tinha sido ele quem levara Fjalar e Galar em segurança para casa. Ele também era chamado de hidromel de Suttung, e de líquido de Odrerir, ou de Bodn, ou de Son.

Odin ouviu as palavras de seus corvos. Mandou buscarem seu manto e chapéu. Chamou os deuses, ordenou que preparassem três enormes barris de madeira – os maiores que conseguissem construir – e que os deixassem prontos junto aos portões de Asgard. Contou aos deuses que os deixaria para viajar pelo mundo, e que poderia demorar algum tempo para voltar.

– Levarei duas coisas comigo – anunciou Odin. – Preciso de uma pedra de amolar, para afiar uma lâmina. A melhor que tivermos. E desejo levar o trado chamado Rati.

Rati significa "perfuradeira", e Rati era o melhor instrumento de perfuração que os deuses possuíam. Era capaz de abrir furos profundos e de penetrar a rocha mais dura.

Odin jogou a pedra de amolar para o alto e a pegou de volta, então a guardou na bolsa junto com o trado. Em seguida, foi embora.

– Queria saber o que ele está pretendendo – comentou Thor.

– Kvásir saberia – disse Frigga. – Ele sabia tudo.

– Kvásir está morto – retrucou Loki. – E, de minha parte, não me importa para onde o Pai de Todos vai, nem por quê.

– Vou ajudar a construir os barris de madeira que o Pai de Todos nos pediu – afirmou Thor.

Suttung deixara o precioso hidromel aos cuidados da filha, Gunnlod, para que ela o vigiasse no interior da montanha Hnitbjorg, no coração da terra dos gigantes. Odin não foi para a montanha. Em vez disso, foi direto à fazenda que pertencia ao irmão de Suttung, Baugi.

Era primavera, e os campos estavam cobertos de capim alto pronto para ser cortado para servir de feno. Baugi tinha nove escravos, gigantes como ele, que usavam grandes foices para cortar o capim. Cada foice tinha a altura de uma árvore pequena.

Odin ficou observando. Quando o sol atingiu seu ápice e os escravos pararam de trabalhar para comer as provisões, o Pai de Todos se aproximou deles e disse:

– Fiquei observando vocês trabalharem. Digam-me, por que seu mestre deixa que cortem a grama com foices tão cegas?

– Nossas lâminas não estão cegas – retrucou um dos trabalhadores.

– Por que acha isso? – perguntou outro gigante. – Temos as lâminas mais afiadas que há.

– Deixem eu lhes mostrar o que uma lâmina afiada pode fazer – retrucou Odin.

Ele pegou a pedra de amolar do bolso e a passou na lâmina de uma das foices, depois na de outra, até cada lâmina reluzir ao sol. Os gigantes ficaram parados em volta dele, meio sem jeito, assistindo ao trabalho.

– Podem experimentar agora – disse Odin.

Os escravos gigantes passaram as foices pelo capim da campina e exclamaram de prazer, muito surpresos. As lâminas estavam tão afiadas que não era preciso qualquer esforço para cortar o capim. As lâminas atravessavam os caules mais grossos sem resistência.

– Isto é maravilhoso! – disseram a Odin. – Quer nos vender sua pedra de amolar?

– Vender? – indagou o Pai de Todos. – Nada disso. Há um jeito mais justo e divertido. Todos vocês, venham aqui. Fiquem parados um do lado do outro, e segurem as foices bem firme. Mais perto.

– Não podemos nos aproximar mais um do outro – retrucou um dos escravos gigantes. – As foices estão muito afiadas.

– Você é muito inteligente – disse Odin, erguendo a pedra de amolar. – Então vamos fazer o seguinte: quem conseguir pegar a pedra de amolar, seu único dono será!

E a jogou para o alto.

Nove gigantes saltaram na direção da pedra de amolar, cada um tentando pegá-la com a mão livre, sem prestar atenção às foices (e todas haviam sido afiadas pelo Pai de Todos com sua pedra de amolar, criando um fio perfeito). Eles saltaram e estenderam os braços, e as lâminas reluziram ao sol.

Jatos vermelhos se espalharam pelo ar, então os corpos dos escravos se dobraram e retorceram, e, um a um, eles caíram na grama recém-cortada.

Odin passou por cima dos corpos dos gigantes, recuperou a pedra de amolar dos deuses e guardou-a no bolso. Cada um dos nove escravos tinha morrido com a garganta cortada pela lâmina de seu companheiro.

Odin foi até o salão de Baugi, irmão de Suttung, e pediu abrigo para a noite.

– Eu me chamo Bolverkr – disse Odin.

– Bolverkr – repetiu Baugi. – Um nome funesto. Significa "aquele que faz coisas terríveis".

– Só para meus inimigos – retrucou aquele que se chamava Bolverkr. – Meus amigos gostam das coisas que faço. Sou capaz de fazer o trabalho de nove homens. E trabalho incansavelmente e sem reclamar.

– Você terá abrigo para a noite – disse Baugi, soltando um suspiro. – Mas apareceu em um dia sombrio. Ontem eu era um homem rico, com muitos campos e nove escravos para plantar e colher, para trabalhar e construir. Esta noite, ainda possuo meus campos e animais, mas todos os meus servos morreram. Mataram uns aos outros. E não sei por quê.

– É mesmo um dia sombrio – concordou Bolverkr, que era Odin. – Não há uma forma de conseguir mais trabalhadores?

– Não este ano – respondeu Baugi. – Já é primavera. Os bons trabalhadores estão nos campos de meu irmão, Suttung, e pouca gente vem aqui de passagem. Você é o primeiro viajante que me pede abrigo e hospitalidade em muitos anos.

– Sorte sua, pois posso fazer o trabalho de nove homens.

– Você não é um gigante – retrucou Baugi. – É um homenzinho minúsculo. Não conseguiria fazer o trabalho de um de meus servos, que dirá de nove.

– Se eu não conseguir fazer o trabalho de seus nove homens, então não precisa me pagar – disse Bolverkr. – Mas, se eu conseguir... – Se você conseguir...?

– Histórias sobre o hidromel extraordinário de seu irmão, Suttung, chegaram até os lugares mais remotos. Dizem que a bebida concede o dom da poesia para qualquer um que a beba.

– É verdade. Suttung nunca foi dado à poesia quando éramos jovens. Eu era o poeta da família. Mas, desde que voltou com o hidromel dos anões, se tornou um poeta e um sonhador.

– Se eu trabalhar para você, plantar, construir e colher, e fizer o trabalho de seus servos mortos, gostaria de provar o hidromel de seu irmão, Suttung.

– Mas... – Baugi franziu a testa. – Ele não é meu, não posso oferecê-lo. É de Suttung.

– Que pena – retrucou Bolverkr. – Então lhe desejo boa sorte na colheita deste ano.

– Espere! Não é meu, é verdade. Mas, se você fizer o que diz, vou levá-lo até a fortaleza de meu irmão. E farei o possível para ajudá-lo a provar o hidromel.

– Então temos um acordo.

Nunca houve trabalhador mais dedicado que Bolverkr. Ele trabalhava a terra com mais afinco que vinte homens, que dirá nove servos. Sozinho, cuidava dos animais. Sozinho, fazia a colheita da safra. Trabalhou a terra, e a terra lhe pagou em dobro.

– Bolverkr – disse Baugi, quando as primeiras névoas do inverno desciam pela montanha. – Seu nome foi um erro. Você não fez nada além do bem.

– Fiz o trabalho de nove homens?

– Fez, e de mais nove.

– Então vai me ajudar a provar o hidromel de Suttung?

– Eu vou!

E eles despertaram cedo e caminharam, caminharam e caminharam. À tarde, tinham deixado a terra de Baugi e chegado à de Suttung, na base das montanhas. À noite, chegaram ao grande salão do gigante.

– Este é Bolverkr, meu servo durante o verão e meu amigo. – Baugi contou a Suttung sobre seu acordo com Bolverkr. – Por isso preciso lhe pedir que dê uma prova do hidromel da poesia a Bolverkr.

Os olhos de Suttung eram duros como lascas de gelo.

– Não – respondeu ele, sem rodeios.

– Não? – indagou Baugi.

– Não. Não abrirei mão de nem uma gota daquele hidromel. Nem uma única gota. Eu o mantenho em segurança em seus tonéis, Bodn e Son, e na caldeira Odrerir. Esses tonéis estão nas profundezas da montanha Hnitbjorg, que se abre apenas a meu comando. Minha filha, Gunnlod, as guarda. Seu servo não pode prová-lo. Você não pode prová-lo.

– Mas foi a compensação de sangue pela morte de nossos pais – retrucou Baugi. – Eu não mereço uma parte, para mostrar a Bolverkr, aqui, que sou um gigante honrado?

– Não – retrucou Suttung. – Não merece.

Os dois deixaram o salão.

Baugi estava inconsolável. Caminhava com os ombros curvados e os cantos da boca pendendo para baixo. A cada passo, ele pedia desculpas a Bolverkr.

– Eu não achei que meu irmão seria tão injusto.

– Ele é mesmo injusto – concordou Bolverkr, que era Odin disfarçado. – Mas você e eu podíamos pregar uma pequena peça nele, para que não fique se sentindo tão superior no futuro. Assim, na próxima vez, ele escutará o irmão.

– Podíamos mesmo fazer isso – disse o gigante Baugi, e se aprumou, e seus lábios formaram algo que quase lembrava um sorriso. – O que vamos fazer?

– Primeiro, vamos escalar Hnitbjorg, a montanha pulsante.

Eles escalaram Hnitbjorg – o gigante à frente, e Bolverkr, parecendo um boneco em comparação, mas sem nunca ficar para trás. Seguiram as trilhas feitas pelos carneiros e pelas cabras das montanhas, então escalaram as rochas até o cume. As primeiras neves do inverno tinham caído sobre o gelo do inverno anterior que não derretera. Ouviram o vento que assoviava pela montanha. Ouviram os pios das aves bem abaixo. E ouviram outra coisa.

Parecia o som de voz humana. Dava impressão que saía das rochas, mas distante, como se viesse do interior da própria montanha.

– Que barulho é esse? – perguntou Bolverkr.

Baugi franziu a testa.

– Parece minha sobrinha, Gunnlod, cantando.

– Então vamos parar aqui.

Da bolsa de couro, Bolverkr tirou o trado chamado Rati.

– Aqui. Você é um gigante, é grande e forte. Por que não usa este trado para perfurar a encosta da montanha?

Baugi pegou o trado. Então o apoiou na encosta e começou a perfurar. A ponta penetrou a montanha como um parafuso em uma rolha macia. Baugi girou e girou, muitas e muitas vezes.

– Feito – anunciou o gigante, tirando o trado da pedra.

Bolverkr se debruçou sobre o buraco aberto e soprou lá dentro. Lascas e poeira das rochas voaram de volta para ele.

– Acabei de descobrir duas coisas – anunciou Bolverkr.

– O quê?

– Que ainda não perfuramos a montanha. Você precisa continuar o trabalho. – Isso é uma coisa só – argumentou Baugi.

Mas Bolverkr não falou mais nada, parado naquela encosta elevada, onde os ventos congelantes os golpeavam com suas garras. Baugi empurrou o trado Rati no furo e começou a girá-lo outra vez.

Já estava ficando escuro quando o gigante puxou a furadeira do buraco.

– Agora atravessou a montanha – anunciou.

Bolverkr nada disse, apenas soprou delicadamente no interior do furo, e dessa vez viu as lascas de pedra serem levadas para dentro.

Enquanto soprava, estava ciente de que algo ia atacá-lo pelas costas. Então Bolverkr se transformou: virou uma cobra, e o trado afiado acertou o lugar onde antes estivera sua cabeça.

– A segunda coisa que descobri quando você mentiu para mim – sibilou a serpente para Baugi, que segurava Rati como uma arma, atônito – foi que me trairia.

E, com um movimento da cauda, a serpente desapareceu pelo buraco no interior da montanha.

Baugi atacou outra vez com o trado, mas a serpente já havia desaparecido. Ele arremessou Rati para longe com raiva e o ouviu cair ruidosamente nas rochas abaixo. Pensou em voltar para o salão de Suttung e contar ao irmão que ajudara a levar um mago poderoso até o alto de Hnitbjorg. E que, além disso, também o ajudara a penetrar na montanha. Imaginou a reação de Suttung.

Então, com os ombros curvados e uma carranca, Baugi desceu a montanha e voltou andando para casa, para sua própria lareira e seu próprio salão. Fosse lá o que aconteceria com o irmão ou com seu precioso hidromel, aquilo não era da conta dele.

Bolverkr, na forma de cobra, deslizou pelo furo na montanha até o fim do buraco, que se abria em uma enorme caverna.

A caverna era iluminada por cristais, que emitiam uma luz fria. Odin voltou à forma de homem, mas não qualquer homem: um homem enorme, do tamanho de um gigante, e bem-apessoado. Então avançou, seguindo o som da canção.

Gunnlod, a filha de Suttung, estava parada diante de uma porta trancada, atrás da qual ficavam os tonéis chamados Son e Bodn e a caldeira Odrerir. Ela carregava uma espada afiada e cantava sozinha, de pé ali.

– É um prazer, brava donzela! – cumprimentou Odin.

Gunnlod o encarou.

– Não sei quem você é. Diga seu nome, estranho, e me conte por que eu deveria deixá-lo viver. Sou Gunnlod, a guardiã desta caverna.

– Sou Bolverkr – disse Odin. – E mereço a morte, eu sei, por ousar vir a este lugar. Mas baixe a espada e me deixe olhar para você.

– Meu pai, Suttung, me nomeou guardiã do hidromel da poesia.

Bolverkr deu de ombros.

– Por que eu me importaria com o hidromel da poesia? Vim aqui apenas porque ouvi falar da beleza, da coragem e da virtude de Gunnlod, filha de Suttung. Eu disse a mim mesmo: "Se Gunnlod me deixar apenas olhar para ela, vai valer a pena. Isso se ela for tão bela quanto dizem as histórias, claro." Foi o que pensei. Gunnlod encarava o belo gigante a sua frente.

– E valeu a pena, Bolverkr, que está prestes a morrer?

– Valeu muito mais. Você é ainda mais bela do que dá a entender qualquer história que já ouvi ou qualquer canção que bardos possam compor. Mais bela que o pico de uma montanha, mais bela que uma geleira, mais bela que um campo de neve ao amanhecer.

Gunnlod baixou os olhos, e seu rosto enrubesceu.

– Posso me sentar a seu lado? – perguntou Bolverkr.

Gunnlod assentiu, sem dizer nada.

A gigante tinha comida e bebida ali, na montanha, e eles comeram e beberam.

Depois de comerem, os dois se beijaram suavemente na escuridão.

Após fazerem amor, Bolverkr comentou, tristonho:

– Gostaria de poder tomar um gole do hidromel do tonel chamado Son. Aí poderia compor uma verdadeira canção sobre seus olhos, e todos os homens a cantariam quando quisessem cantar sobre beleza.

– Só um gole? – perguntou a gigante.

– Sim, mas não tenho pressa. Você é mais importante. Deixe-me mostrar quanto é importante para mim.

Ele a puxou para perto. Os dois fizeram amor no escuro. Quando terminaram, , Bolverkr soltou um suspiro triste.

– Qual é o problema? – perguntou Gunnlod.

– Queria ter a habilidade de cantar sobre seus lábios, sobre como são macios e muito mais bonitos que os lábios de qualquer outra mulher. Acho que isso daria uma excelente canção.

– Meus lábios são muito atraentes. É o meu ponto forte.

– Só que você tem tantos traços perfeitos que escolher o melhor é muito difícil. Porém, se eu pudesse provar o menor dos goles do tonel chamado Bodn, a poesia entraria em minha alma, e eu conseguiria compor um poema sobre seus lábios que duraria até o Sol ser devorado por um lobo.

– Só um golinho. Meu pai ficaria muito irritado se achasse que eu dei o hidromel dele para o primeiro estranho bonito que penetrou a solidez desta montanha.

Os dois caminharam pelas cavernas de mãos dadas, de vez enquanto tocando os lábios. Gunnlod mostrou a Bolverkr as portas e as janelas que podia abrir de dentro da montanha, através das quais Suttung lhe mandava comida e bebida, mas Bolverkr pareceu não prestar atenção. Ele explicou que não estava interessado em nada que não tivesse relação com Gunnlod, seus olhos, seus lábios, seus dedos e seu cabelo. Gunnlod riu e respondeu que ele não podia estar falando aquelas belas palavras a sério, que ele obviamente não podia querer fazer amor com ela outra vez. Bolverkr silenciou seus lábios com os dele, e os dois fizeram amor outra vez.

Quando os dois estavam perfeitamente satisfeitos, Bolverkr começou a chorar no escuro.

– O que há, meu amor? – perguntou Gunnlod, preocupada.

– Ah, me mate – respondeu Bolverkr, entre soluços. – Me mate agora mesmo! Eu jamais conseguirei compor um poema sobre a perfeição de seus cabelos e sua pele, sobre o som de sua voz, o toque de seus dedos. A beleza de Gunnlod é impossível de descrever.

– Bem, imagino que não deve ser fácil fazer um poema desses. Mas duvido que seja impossível.

– Talvez...

– Sim?

– Talvez um gole minúsculo da caldeira Odrerir me desse a habilidade lírica necessária para cantar sua beleza para as gerações futuras – sugeriu, parando de chorar.

– Sim, talvez... Mas teria que ser o gole mais minúsculo de todos...

– Mostre-me a caldeira, e vou lhe mostrar como é pequeno o gole que posso tomar.

Gunnlod destrancou a porta, e logo ela e Bolverkr estavam diante da caldeira e dos dois tonéis. O cheiro embriagante do hidromel da poesia pairava no ar.

– Só um golinho – alertou a gigante. – Pelos três poemas sobre mim que vão ecoar pelas eras.

– É claro, minha querida.

Bolverkr abriu um sorriso no escuro. Se Gunnlod tivesse olhado para ele, teria percebido que havia algo errado.

No primeiro gole, ele bebeu até a última gota da caldeira Odrerir. Com o segundo, esvaziou o tonel chamado Bodn. Com o terceiro, esvaziou o tonel chamado Son. Gunnlod não era tola. Percebeu que tinha sido traída e atacou. A gigante era forte e rápida, mas Odin não ficou para lutar. Saiu correndo da caverna. Fechou a porta e trancou Gunnlod lá dentro.

Em um piscar de olhos, Odin se transformou em uma grande águia. Ele guinchou ao bater as asas, e os portões das montanhas se abriram, então Odin se alçou aos céus.

Os gritos de Gunnlod encheram o amanhecer.

Em seu salão, Suttung acordou e saiu correndo para fora. Olhou para cima e viu a águia, e soube o que devia ter acontecido. Então Suttung também se transformou em águia.

As duas águias voavam tão alto que, do chão, eram apenas pontos minúsculos no céu. Voavam tão rápido que seu voo parecia o rugido de um furacão.

Em Asgard, Thor ergueu os três grandes barris de madeira e os levou para o pátio. Os deuses observaram as águias gritando nos céus, seguindo na direção de Asgard. Estavam próximas. Suttung era rápido e estava logo atrás de Odin. Seu bico quase tocava as penas da cauda dele quando chegaram ao salão dos Aesir.

Odin começou a cuspir. Uma fonte de hidromel jorrou para os barris, enchendo um de cada vez.

Desde esse dia, todos que são capazes de fazer magia com as palavras, de compor poemas e narrativas épicas, de tecer histórias, provaram do hidromel da poesia. Quando ouvimos um bom poeta, dizemos que ele provou do presente de Odin.

Essa história começou na aurora do tempo, em uma guerra entre os deuses Aesir e Vanir. Os Aesir eram deuses da guerra, da batalha e da conquista; já os Vanir eram mais delicados, irmãos que tornavam o solo fértil e faziam as plantas crescerem, mas igualmente violentos.. Os dois grupos eram idênticos em força. Nenhum lado venceria a guerra.

Ambos perceberam que precisavam um do outro, que não há satisfação nas corajosas batalhas sem os belos campos e fazendas para suprir os banquetes de comemoração. Para isso, precisavam selar a paz. Da paz comandada por Odin surgiu o hidromel, o néctar dos deuses, que traz a sabedoria e a inspiração, especialmente para a poesia.

Capítulo 9
Nifheim e Ragnarök

O Ragnarök, o fim do mundo, começa com uma série de catástrofes naturais, que culminam no Fimbulvetr (longo inverno) que dura três anos consecutivos, sem verão.

O COMEÇO DO MUNDO

NIFLHEIM E SIGNIFICA "CASA DA NÉVOA" OU "MUNDO DA NÉVOA" É A REGIÃO MAIS ESCURA E MAIS FRIA DO MUNDO, DE ACORDO COM A MITOLOGIA NÓRDICA. NIFLHEIM É O PRIMEIRO DOS NOVE MUNDOS E NIFLHEIM É COLOCADO NA REGIÃO NORTE DE GINNUNGAGAP. O MAIS ANTIGO DOS TRÊS POÇOS ESTÁ LOCALIZADO EM NIFLHEIM, QUE SE CHAMA HVERGELMIR "SOPA DE EBULIÇÃO BORBULHANTE" E É PROTEGIDO PELO ENORME DRAGÃO CHAMADO NIDHUG.

A terra congelada de Niflheim existia antes do universo conhecido ser criado. Localizava-se entre as raízes de Yggdrasil e era envolta em escuridão ("Reino das Névoas"). Em seu centro, havia uma fonte gelada (Hvergelmir), mãe de vários rios. Tornou-se o reino de Hel, deusa dos mortos (Helheim). Lá também morava a serpente Nidhogg, bem aos pés do freixo, que se alimentava da carne dos cadáveres da encosta Nastrond, e roía as raízes da árvore para destrui-la.

Participou juntamente com Muspelheim, o reino de fogo, da criação de Midgard, do vazio primordial de Ginungagap. Será de lá que, no Ragnarök, sairá o navio dos mortos, Naglfari, conduzido pelo deus Loki.

Local onde a neblina se condensa aquecida pelos ventos quentes soprados diretamente de Muspelheim. A névoa faz de Niflheim um mundo de ilusão, um estado indefinido entre o tangível e o intangível, o real e o irreal, o repouso antes do começo.

Em Niflheim existe um dragão chamado Nidhogg. Ele come as raizes mais fundas da árvore do mundo, Yggdrasil, com o objetivo de a destruir, aguardando o Ragnarök.

As raízes mais profundas da árvore Yggdrasil estão enterradas nesta região. É também em Niflheim que reinam os Nibelungos.

O FIM DO MUNDO

Na mitologia nórdica, Ragnarök (em português: destino dos deuses,) indica uma série de eventos que conduziriam ao fim do mundo. A palavra significa destino, referindo-se à última e decisiva batalha dos deuses contra os seus inimigos.

O Ragnarök, o fim do mundo, começa com uma série de catástrofes naturais. Pelo período de três anos a terra está cheia de contendas e maldades; irmão mata irmão por lucro, e o filho não poupa seu próprio pai.

Depois, vêm três outros anos, como um longo inverno; em todos os lugares a neve se transforma em montes, o sol não produz calor e ventos cortantes sopram de todos os lados. Esse inverno é conhecido como Inverno Fimbul (o Grande Inverno). O lobo Skoll engole o sol, e Hati ou Manigarm engole a lua para que o céu e o ar sejam borrifados com sangue. As estrelas se apagaram. A terra e todas as montanhas tremem; as árvores são arrancadas; todos os laços são rompidos.

Em seguida, o mundo ressurgiria fértil, povoado pelos poucos sobreviventes das famílias dos deuses e por dois sobreviventes humanos que repovoariam a terra: Líf e Lífthrasir.

Por três anos a terra está cheia de contendas e maldades; irmão mata irmão por lucro, e o filho não poupa seu próprio pai.

Depois, vêm três outros anos, como um longo inverno; em todos os lugares a neve se transforma em montes, o sol não produz calor e ventos cortantes sopram de todos os lados. Esse inverno é conhecido como Inverno Fimbul (o Grande Inverno). O lobo Skoll engole o sol, e Hati ou Manigarm engole a lua para que o céu e o ar sejam borrifados com sangue. As estrelas se apagaram. A Terra e todas as montanhas tremem; as árvores são arrancadas; todos os laços são rompidos.

Tanto Loki quanto o Lobo Fenris se livram de suas algemas. A serpente Midgard, buscando alcançar a terra seca, nada com tanta força turbulenta que os mares passam por suas margens.

Loki dirige o navio e as tripulações do Inferno o seguem. O gigante Rym vem fora do leste, e com ele todo o Rime-Thursar. O Lobo Fenris avança com a boca aberta; sua mandíbula superior toca os céus, sua mandíbula inferior a terra; ele ficaria boquiaberto ainda mais se houvesse mais espaço. Seus olhos estão acesos com chamas.

A Serpente Midgard, acompanhando o ritmo do Lobo, expele veneno sobre o céu e o mar. Em meio a todo o barulho e clamor, os céus se abrem e os Filhos de Muspell cavalgam do sul com Surt na van, fogueiras queimando à sua frente e atrás dele. Sua espada brilha mais forte que o sol. Enquanto eles cavalgam pela ponte Bifrost, ela se quebra sob seus pés.

Todos, os Filhos de Muspell, o Lobo Fenris, a Serpente Midgard, Loki, Rym e todos os Rime-Thursar dirigem seu curso em direção aos campos de Vigrid, que medem cem milhas em cada sentido. Os Filhos de Muspell reúnem seus anfitriões para a batalha, e o brilho de suas tropas brilha por toda parte.

Enquanto isso, por parte do Aesirr, Heimdal se levanta e soa o chifre Gjallar com toda sua força para despertar os deuses. Eles se reúnem em assembléia e se aconselham. Odin cavalga até o Poço de Mimir para buscar orientação lá. A cinza Yggdrasil estremece, e todas as coisas no céu e na terra são tomadas de pavor. Æsir e Heroes vestem suas panóplias e marcham sobre os campos de Vigrid. Acima de tudo cavalga Odin, cingido com seu elmo dourado e magnífico byrnie; brandindo sua lança Gungnir, ele avança contra o Lobo Fenris. Ao seu lado caminha Thor; mas como ele logo se encontra em conflito mortal com a Serpente Midgard, ele não pode dar nenhuma ajuda para Odin. Frey entra na batalha com Surt e Tyr com o cachorro Garm, que também se livrou de seus grilhões. Heimdal luta contra Loki.

Thor, no final, mata a Serpente Midgard, mas ele mesmo é capaz de andar apenas nove passos após o fim da luta; então ele afunda no chão morto, derrubado pelo veneno cuspido sobre ele pela Serpente.

O Lobo engole Odin, e assim o deus não vive mais; mas Vidar imediatamente entra na brecha, enfia um de seus pés na mandíbula inferior do Lobo, agarra a mandíbula superior com a mão e, assim, rasga a garganta do Lobo; seu pé é calçado com um sapato pesado feito de todas as lascas de couro que os homens cortaram de suas botas na ponta ou no calcanhar;

consequentemente, os homens devem sempre deixar tais remendos de lado para que possam servir aos usos dos Æsir.

Em Gimle está um corredor coberto de ouro e mais brilhante que o sol. Lá uma geração justa habitará, em alegrias que nunca terminam. "Então, virá de cima do Poderoso, aquele que governa todas as coisas."

Hár revela que dois seres humanos, Líf e Lífþrasir, terão também sobrevivido a destruição escondendo-se no Bosque de Hodmímir. Estes dois sobreviventes consomem o orvalho da manhã para o seu sustento, e de seus descendentes o mundo será repovoado. O sol personificado, Sol, terá uma filha, pelo menos, tão bonita quanto ela, e esta filha irá seguir o mesmo caminho da mãe.

O Ragnarök se tornou uma fonte de inspiração moderna, cuja adaptação mais célebre é a de Richard Wagner, que fez Götterdämmerung (O Crepúsculo dos Deuses), título da última parte de sua ópera Der Ring des Nibelungen (O Anel do Nibelungo). A ópera termina com o Ragnarök, no entanto, não o colocam diretamente em cena.

O Ragnarök é frequentemente referenciado na música moderna, principalmente nos gêneros de heavy metal. Ele inspirou o nome da banda norueguesa de black metal Ragnarök, os álbuns Ragnarok da banda americana de metal Gwar e Ragnarok da banda feroesa de viking metal Týr, as canções "I Lenker til Ragnarok (In Chains Until Ragnarok)" do álbum Blodhemn, da banda norueguesa de black metal viking Enslaved, e "Ragnarok" do álbum Njord, da banda germano-norueguesa de metal sinfônico Leaves' Eyes, e um festival alemão de metal pagão, o Ragnarök Festival. Serviu de inspiração para o álbum da banda sueca de death metal viking Amon Amarth, Twilight of the Thunder God.

O Ragnarök serve de título ao manhwa Ragnarok que foi adaptado para anime com o nome Ragnarok The Animation. Serviu também de inspiração ao mangá japonês Matantei Loki Ragnarok. Pode-se também citar o mangá Code Geass, que nomeia um dos episódios de sua segunda temporada. Das histórias em quadrinhos francesas, o encontramos em Siegfried, de Alex Alice, principalmente inspirado na ópera de Wagner e, consequentemente, no terceiro volume chamado de Le Crépuscule des Dieux. Há também a série Le Crépuscule des Dieux, inspirada também na ópera.

Morte de Odin e Thor

Thor matará a serpente de Midgard, como queria fazer há muito. O deus do trovão esmagará o cérebro da serpente com o martelo. Ele vai saltar para trás quando o corpo da serpente cair no campo de batalha.

Thor vai estar a quase três metros de distância quando a cabeça da cobra desabar no chão, mas não será longe o bastante. Mesmo ao morrer, a serpente abrirá as bolsas de veneno sobre o deus do trovão, em um borrifo negro e denso.

Thor grunhirá de dor e cairá ao chão, sem vida, envenenado pela criatura que matou.

Odin lutará corajosamente contra Fenrir, mas o lobo é mais vasto e perigoso do que qualquer coisa poderia ser. É maior que o Sol, maior que a Lua. Odin vai atacar sua boca com a lança, mas basta Fenrir fechar as mandíbulas para a lança desaparecer. Outra mordida, seguida de um triturar e um engolir, e Odin, o Pai de Todos, o maior e mais sábio dos deuses, também se irá, para nunca mais ser visto.

O filho de Odin, Vidar, o deus silencioso, o deus confiável, verá o pai perecer. Ele vai avançar enquanto Fenrir tripudia em triunfo pela morte de Odin, então enfiará o pé na mandíbula do lobo.

Em Vigrid, os deuses vão lutar contra os gigantes do gelo. As tropas de mortos-vivos de Hel cobrirão o chão em sua morte derradeira, e os nobres einherjar estarão a seu lado, no solo congelado, todos mortos pela última vez sob o céu nublado e sem vida, para nunca mais se levantarem, nunca mais despertarem para lutar.

Apenas Loki continuará de pé, ensanguentado e de olhos arregalados, cheio de cicatrizes.

Heimdall, o guardião da ponte e dos deuses, também não terá tombado. Estará de pé no campo de batalha com sua espada, Höfud, ensanguentada.

Os dois vão se encontrar no centro de Vigrid, desviando de cadáveres, chapinhando no sangue e atravessando as chamas até ficarem cara a cara.

Loki vai examinar o rosto de Heimdall em busca de alguma fraqueza, alguma emoção, mas o guardião permanecerá impassível.

Loki diz que quando estava acorrentado sob a terra, com o veneno da serpente gotejando em seu rosto, com a pobre Sigyn ajoelhada a seu lado tentando pegar todo o veneno que pudesse em sua tigela, preso na escuridão pelos intestinos de seu filho, só não enlouqueceu por pensar nos dias em que com seus belos filhos encerrariam o tempo dos deuses e destruiria o mundo. Heimdall não responde, mas ataca. Sua espada atingirá a armadura de Loki com um estrondo, e Loki se defende e ataca com ferocidade, inteligência e exaltação.

Loki se lembrar de uma luta anterior, quando o mundo era mais simples. Tinham lutado em outra forma, transformados em focas, competindo para obter o colar Brisingamen, que Loki roubara de Freya a pedido de Odin, mas que Heimdall recuperara.

Loki nunca se esquece de nada. Os dois lutam muito e tombam, caindo um ao lado do outro, os dois mortalmente feridos.

– Eu venci. – murmura Loki.

Mas então Heimdall diz:

– Posso ver mais longe que você. O filho de Odin, Vidar, matou seu filho, o lobo Fenrir, e Vidar sobrevive, assim como Vali, seu irmão. Thor morreu, mas seus filhos, Magni e Módi, ainda vivem. Eles tiraram Mjölnir da mão fria do pai. São fortes o bastante e nobres o bastante para brandi-lo.

– Nada disso importa. O mundo está em chamas – responderá Loki. – Os mortais estão mortos. Midgard está destruída. Eu venci.

Heimdall revida:

– Posso ver mais longe que você, Loki. Posso ver tudo, daqui até a Árvore do Mundo. O fogo de Surt não pode alcançar a Árvore do Mundo, e dois mortais se esconderam em segurança no interior do tronco da Yggdrasill. A mulher se chama Vida, e o homem se chama Desejo de Viver. Seus descendentes vão povoar a terra. Não é o fim. Não há fim. É simplesmente o fim dos velhos tempos, Loki, e o começo de novos. O renascimento sempre se segue à morte. Você falhou.

Loki permanecerá imóvel e frio, deitado ao lado de Heimdall no campo de batalha congelado.

E Surt, o gigante em chamas, presente desde antes do início de todas as coisas, olhará para a vasta planície de morte e erguerá a espada brilhante para os céus. Haverá um som como o de mil florestas ardendo em chamas, e o próprio ar começará a queimar.

O mundo será cremado nas chamas de Surt. Os oceanos inundados vão evaporar. Os últimos incêndios vão queimar e tremeluzir, e então se apagar. Cinzas negras cairão do céu como neve.

No crepúsculo, no local onde os corpos de Loki e Heimdall jazerão lado a lado, nada pode ser visto além de dois montes de cinzas sobre a terra enegrecida e fumaça se misturando com a névoa da manhã. Nada restará dos exércitos dos mortos nem dos vivos, dos sonhos dos deuses e da bravura de seus guerreiros, nada além de cinzas.

Logo depois, o oceano inundado engolirá as cinzas, lavando toda a terra, e tudo o que é vivo será esquecido sob o céu sem sol.

É assim que os nove mundos terminam, em fogo, cinzas e enchentes, em escuridão e gelo. Esse é o destino final dos deuses.

Este é o fim. Mas também há o que virá depois do fim.

Das águas cinzentas do oceano, a terra verde tornará a se erguer. O Sol terá sido devorado, mas a filha da estrela brilhará no lugar da mãe, e o novo Sol vai brilhar ainda mais forte que o anterior, com luz jovem e nova.

A mulher e o homem, Vida e Desejo de Viver, sairão de dentro do freixo que mantém os mundos unidos. Eles vão se alimentar do orvalho sobre a terra verde e vão fazer amor, e de seu amor brotará a humanidade.

Asgard terá desaparecido, mas Idavoll se erguerá onde antes ficava Asgard, esplêndida e constante.

Mas os filhos de Odin, Vidar e Vali estão vivos.Também os filhos de Thor, Módi e Magni se unem para carregar Mjölnir, o martelo do pai. E começa um novo ciclo. Do mar surge uma nova terra, verde e bela, cujos campos crescem sem a semeadura. O sol gerou uma filha tão bela quanto ela, e a filha agora guia o curso do sol no lugar de sua mãe. Todo o mal passou e se foi.

Nas planícies de Ida, se reúnem os Aesir que não caíram na última grande batalha: Vidar, Vali e os filhos de Thor:- Modi e Magni. Para lá também se encontram Balder e Hod, agora voltados do inferno, e de lá vêm Hœnir de Vanaheim. Mais uma vez os Aesir moram nas planícies de Ida, onde Asgard estava antes; na grama eles encontram espalhados os antigos xadrez de ouro dos deuses, e assim eles relembram os velhos tempos e falam juntos do passado desaparecido. Nem todos estão mortos entre a humanidade. Lif e Lifthrasir se salvaram dos fogos de Surt em um lugar chamado Hoddmimir's Holt, onde encontram subsistência no orvalho da manhã; destes dois surge uma nova raça de homens.

Em Gimle está um corredor coberto de ouro e mais brilhante que o sol. Lá uma geração justa habitará, em alegrias que nunca terminam. "Então, virá de cima do Poderoso, aquele que governa todas as coisas.".

GALMAN, Neil, ***Norse Mythology***, N. York, W. W. Norton & Company, Inc., 2018

https://www.historiadomundo.com.br/viking/religiao-viking.htm - acesso em setembro 2020.

https://mitologia-nordica.net/cosmologia-nordica/os-nove-mundos-na-mitologia-nordica/#:~:text=Existem%20nove%20mundos%20na%20Mitologia,%2C%20Alfheim%2C%20Svartalfheim%2C%20Helheim.

LANGER, Johnni (org.). ***Dicionário de Mitologia Nórdica****. Símbolos, Mitos e Ritos*. São Paulo: Hedra, 2015.

MENDES JÚNIOR, Tadeu Carlos. "Uma análise do mito da criação nórdico". Universidade Federal de Juiz de Fora. 2017.

MOYA, A. **Shazam!**. São Paulo: Perspectiva, 1977

MUNCH, Peter Andreas, ***Norse Mythology Legends of Gods and Heroes,*** Translated from the Norwegian by Sigurd Bernhard Hustvedt (New York: The American-Scandinavian Foundation, 1926)

Revista Galileu online: *https://revistagalileu.globo.com/Cultura/noticia/2017/08/tudo-o-que-voce-precisa-saber-sobre-mitologia-nordica.html -- acesso em setembro de 2020*

Revista Mundo Estranho online
https://super.abril.com.br/mundo-estranho/quais-sao-os-principais-deusesordicos - acesso em julho 2020.
Revista Superinteressante online
https://super.abril.com.br/historia/quem-e-quem-na-mitologia-nordica/ - acesso em setembro de 2020.